Christophe Mauri

Le premier défi de Mathieu Hidalf

GALLIMARD JEUNESSE

À Héliane et Alexandre

CHAPITRE 1

Tourments au manoir Hidalf

Mathieu Hidalf se réveilla de très bonne humeur, parce que ce jour-là, pour la première fois, il fêtait ses dix ans. Bien sûr, dix ans, c'était trop peu pour être libre ; c'était trop peu pour tomber fou amoureux ; c'était trop peu pour devenir *Prétendant élitien* et trop peu encore pour déposséder son père du manoir de ses ancêtres.

Mathieu Hidalf se leva d'un air maussade, ayant complètement perdu sa bonne humeur, à cause de tout ce qu'il ne pouvait pas encore accomplir à dix ans. Avoir dix ans ne servait à rien, c'était un scandale ! Chaque année, il attendait l'année suivante avec impatience. Et finalement, tout recommençait...

C'était aberrant d'être un enfant. S'il avait été un adulte, comme les choses auraient été différentes ! Il aurait pu se coucher à minuit passé sans acheter le silence de ses sœurs. Il aurait renvoyé sur-le-champ ses professeurs de mathématiques, d'économie et d'histoire. Enfin, s'il avait été un adulte, il aurait monté une entreprise délictueuse à actions simplifiées, et ruiné son père, M. Rigor Hidalf. Mais dans sa cellule (ses parents lui interdisaient d'employer ce mot pour qualifier sa chambre, néanmoins Mathieu persistait), dans sa *cellule*, donc, au sommet de la tour des Enfants, perdue au milieu du gigantesque parc, entourée des grilles infranchissables du manoir, que pouvait-il bien faire pour ruiner son père ? Il ne pouvait rien faire du tout.

En approchant de son miroir, ce matin-là, Mathieu vit pourtant un large sourire illuminer son visage. Ses mains tremblèrent imperceptiblement dans la pénombre. L'heure la plus importante de sa vie venait de sonner !

Le jour de son anniversaire n'était pas à ses yeux une date ordinaire. Mais contrairement aux autres enfants, Mathieu ne convoitait aucun cadeau. Non, il avait pris l'habitude de ne plus en recevoir depuis longtemps. Tout avait commencé par la nuit froide et pluvieuse de sa naissance. Il était venu au monde en plein cœur du cinquantième anniversaire du roi, auquel toute la noblesse du royaume était conviée. Et sans autre forme de procès, par ses hurlements stridents, Mathieu Hidalf avait gâché la fête.

Tourments au manoir Hidalf

En souvenir de cet auguste moment, chaque année depuis ses trois ans, Mathieu organisait une catastrophe plus colossale que celle de l'année précédente, pour continuer à saboter l'anniversaire royal, et humilier son père.

C'est ainsi que, le jour de ses huit ans, Mathieu Hidalf était parvenu à *outrepasser les bornes de la bêtise*. Il avait convaincu les nymphettes du soleil, de pauvres lucioles qui éclairaient le royaume la nuit, d'entreprendre la première grève de leur histoire. Pendant sept mois, le château du roi avait été plongé dans une obscurité totale. Quant à Mathieu Hidalf (qui avait investi dans une entreprise de bougies trois semaines plus tôt), il s'était secrètement constitué une petite fortune.

En guise de punition exemplaire, Mathieu avait été enfermé dans sa *cellule* pendant deux ans, privé de sorties, de lecture, de moments de joie et d'amour paternel… mais ce n'était rien par rapport au dernier châtiment que M. Rigor Hidalf lui avait infligé : Mathieu avait été tout simplement privé de cérémonie d'anniversaire le jour de ses neuf ans. Et depuis deux années interminables, il n'avait plus remis les pieds au château du roi…

Un sourire terrible se dessina sur les lèvres de Mathieu Hidalf. Ce matin-là était donc celui qu'il attendait sans relâche depuis une éternité. Il allait enfin signer son retour au château royal, et de quelle manière ! Sa vengeance serait foudroyante ! Il n'avait pas prévu une simple grève de nymphettes, cette fois-ci. Oh non ! il avait concocté quelque chose d'inoubliable ; quelque chose qu'il élaborait seul dans sa chambre depuis presque six cents jours ; quelque chose qui lui avait coûté une fortune si considérable qu'il avait dû recourir à toutes sortes d'emprunts dangereux. Si son plan fonctionnait, personne n'oublierait jamais le jour de ses dix ans.

En moins de temps qu'il n'en faut pour le dire, Mathieu Hidalf, ravi, était en tenue de bal ; c'est-à-dire qu'il avait peigné ses cheveux noirs avec application, et boutonné jusqu'en haut sa chemise rouge à l'effigie du manoir.

Il dévala l'escalier de la tour des Enfants quatre à quatre, en hurlant : « On va au château ! On va au château ! » Mais lorsqu'il entra dans le grand salon, M. Rigor Hidalf, imposant dans sa robe de chambre rouge particulièrement hideuse, lui dit d'un air faussement détaché :

– Mathieu, j'ai une très mauvaise nouvelle. Ton chien à quatre têtes est malade. Et conformément au contrat que nous avons signé toi et moi, tu en es *responsable*. Tu resteras donc au manoir le temps de sa guérison.

*

Mathieu fut changé en statue de plâtre. Son père ne s'était jamais intéressé à son chien à quatre têtes, enfermé dans une salle du sous-sol, et voilà qu'il lui imposait, le jour de son anniversaire, de rester à son chevet ! Il réfléchit à une solution, une solution immédiate et géniale ; mais au lieu de la trouver, il sentit son visage rougir de colère lorsque ses deux sœurs entrèrent au salon, en criant : « Nous allons au château ! Nous allons au château ! »

Mathieu avait trois sœurs, qui s'appelaient Juliette d'Or, Juliette d'Argent et Juliette d'Airain, pour des raisons de commodité. La grande Juliette avait seize ans, habitait au château du roi depuis l'année précédente, et passait pour la plus belle jeune fille du royaume. Son départ avait causé un grand vide dans la maison, et Mathieu n'avait plus le même appétit depuis qu'elle avait abandonné le monde de la bêtise organisée pour celui de la danse. La deuxième Juliette avait onze ans, et la réputation d'être sage comme une image. La troisième et dernière des trois sœurs, la petite Juliette d'Airain, venait de fêter ses six ans ; mais elle lisait des encyclopédies depuis qu'elle en avait quatre. Personne n'avait jamais vu un enfant si précoce, et Mathieu soupçonnait ses parents de l'avoir conçue uniquement pour lui jouer un mauvais tour.

Ce matin-là, Juliette d'Argent et d'Airain comprirent sans délai, en découvrant le visage sévère de leur père, qu'une décision majeure venait d'être prise. À cause de cette intrusion, Mathieu avait oublié de trouver une idée géniale, alors il dit simplement :

– Papa, je veux aller au château avec vous !

– J'aimerais aussi beaucoup que tu nous accompagnes, prétendit M. Hidalf d'une voix si étranglée que même une grand-mère affable ne l'aurait pas cru. Mais je suis bien trop soucieux de la santé de Bouffetou pour le laisser sans son maître.

– *Bougetou*, corrigea Mathieu.

– Bougetou, c'est ça, répondit son père indifférent. Écoute, Mathieu, je suis conscient de l'importance que revêt ce voyage à tes yeux... C'est pourquoi je te propose une sorte de contrepartie...

Mathieu fronça les sourcils. Un éclair avait traversé l'œil noir de son père.

– Trois fois rien, en vérité..., reprit M. Hidalf avec un grand sang-froid. Je t'avais promis que tu aurais un cheval pour tes quinze ans : tu l'auras la semaine prochaine. Je te réabonnerai aux *Contes de ma grand-mère édentée*, tes préférés ; tu auras une permission officielle de onze heures et demie tous les soirs de la semaine ; de minuit tous les week-ends ; je renverrai sans indemnités le précepteur de ton choix ; enfin, tu auras autorité sur Juliette d'Airain en mon absence.

Mathieu examina la proposition avec prudence ; une telle contrepartie ressemblait bien à un aveu de faiblesse. Un réabonnement aux *Contes de ma grand-mère édentée* (Mathieu vouait une adoration sans bornes à cette vieille folle enlaidie par les siècles et devenue célèbre malgré elle, depuis qu'elle inondait les chaumières de ses contes de fées maléfiques), un cheval, des horaires du soir revus à la hausse, le renvoi d'un précepteur savant et surtout l'autorité sur Juliette d'Airain, c'était remarquable et plutôt alléchant...

– Bien, conclut M. Hidalf. De toute façon, l'amour des monstres passe avant tout, et puis tu as signé un contrat.

Il désigna un morceau de papier jauni percé de trous comme un gruyère, tout en ajustant sa perruque des grands jours, qui ressemblait à une salade rouge.

– Je vais prendre acte de l'état de Bougetou, annonça Mathieu en saisissant le contrat d'un air de défi.

Il passa devant ses deux sœurs qui lui souhaitèrent timidement un bon anniversaire. Puis il rejoignit sans détour le cabinet du Dr Boitabon, médecin de la famille, qui avait investi le rez-de-chaussée de la tour personnelle de M. Hidalf. Mathieu était seul capable de réaliser les dernières manœuvres pour que sa bêtise ait lieu. Il ne pouvait en aucun cas rester au manoir.

Boitabon était confortablement assis avec une tasse de thé devant la porte de son cabinet, un chat tigré qui ressemblait à un éléphant posé sur les genoux. Le médecin ne s'était jamais entendu avec Mathieu, car il refusait de diagnostiquer les maladies chroniques et imaginaires de son jeune patient.

– Ah! monsieur Hidalf! fit-il en posant son chat par terre au prix d'un gigantesque effort. Venez-vous pour une maladie inconnue et foudroyante, caractérisée par son absence de symptômes, et qui vous empêche simplement de faire votre lecture cet après-midi? Ou bien souhaitez-vous prendre des nouvelles de ce brave monstre à quatre têtes que votre père a l'indécence d'appeler un chien? Il a failli me dévorer ce matin, quand je suis allé l'ausculter au péril de ma propre santé.

– Dommage qu'il n'ait pas réussi, grommela Mathieu.

Et il descendit à grands pas l'escalier des caves. suivi de près par le Dr Boitabon, qui enferma soigneusement son chat éléphantesque dans son cabinet.

Tourments au manoir Hidalf

*

Tout en s'engouffrant dans le ventre obscur du manoir, Mathieu lisait et relisait le contrat signé quand il avait cinq ans, à la recherche d'une faille. Le contrat était très bref; il comportait une date, trois articles et une signature.

Article 1 : Ayant pleuré et cassé les oreilles de la famille tous les jours pendant six mois depuis mes cinq ans pour obtenir mon chien à quatre têtes, je m'engage à m'en occuper contre vents et marées, quoi qu'il advienne et quelles que soient les circonstances, y compris et surtout s'il devait tomber malade.

Article 2 : Ayant pleuré et cassé les oreilles de la famille tous les jours pendant six mois depuis mes cinq ans pour obtenir mon chien à quatre têtes, je me tiens pour responsable de tous les dégâts humains et matériels qu'il occasionnera.

Article 3 : Ayant pleuré et cassé les oreilles de la famille tous les jours pendant six mois depuis mes cinq ans pour obtenir mon chien à quatre têtes, si je venais à manquer aux engagements prévus dans le présent contrat, je serais privé de sorties, d'épée,

Le premier défi de Mathieu Hidalf

d'amoureuse, d'animaux de compagnie et de voyages au château du roi jusqu'à ma majorité.

Mathieu Hidalf.

Mathieu poussa un cri indigné. C'était un scandale ! Il avait cinq ans et des poussières lorsqu'il avait signé ce contrat ! À cinq ans, était-on conscient de tout ce qui arriverait dans les années à venir ? Certainement pas ! Il allait attaquer sa famille devant les tribunaux du roi ! À présent qu'il avait dix ans, il comprenait à quel point son père l'avait manipulé quand il en avait cinq.

Mais Mathieu connaissait M. Rigor Hidalf mieux que son propre miroir, qui assumait pourtant la lourde tâche de le regarder tous les jours droit dans les yeux. « Ce qui est signé est signé ! » disait son père à tout propos. Il restait donc à Mathieu trois solutions : soigner son chien, déceler une faille dans ce contrat miteux, ou renoncer à sa liberté jusqu'à ses dix-huit ans. Car il ne permettrait jamais que sa plus illustre bêtise n'ait pas lieu !

– Vous semblez tourmenté, remarqua le Dr Boitabon avec psychologie.

– Je suis aussi tourmenté que l'escalier d'une tour sans sommet, voire plus, confirma Mathieu. C'est mon anniversaire, docteur, et je vais rater celui du roi à cause d'un chien et d'un père tortionnaire. De quoi souffre-t-il ?

– Votre père ?

– Non, pardi ! Mon chien !

– D'un mal de tête.

– Un mal de tête ! s'indigna Mathieu. Et moi, quand je prétends que j'ai mal à la tête, on ne me laisse pas jouer dans ma chambre toute la journée, que je sache ? Un simple mal de tête !

– Étant donné qu'il en a quatre, son mal de tête est potentiellement problématique, rétorqua le médecin avec une autosatisfaction qui permit à Mathieu de comprendre qu'il était de mèche avec son père. Bien sûr, ajouta-t-il, nous pouvons lui administrer un remède efficace. Les laboratoires pharmaceutiques dirigés par le Dr Soupont viennent de lancer une aspirine révolutionnaire aux effets secondaires incurables. Votre chien sera débarrassé de sa maladie le temps de pousser son dernier soupir.

Mathieu sentit tout le poids qui pesait sur ses épaules s'envoler d'un seul coup.

– Nous recevrons ces gélules magiques dans trois jours, précisa Boitabon d'un ton grinçant.

– Trois jours ! répéta Mathieu alarmé. Dans trois jours, la fête au château sera finie ! Je ne peux pas me permettre de la manquer !

Le premier défi de Mathieu Hidalf

Il traversa un couloir lugubre, éclairé par une petite nymphette du soleil qui se balançait allégrement au milieu d'une toile d'araignée. Les murs étaient irréguliers et ruisselants d'humidité ; quant aux plafonds, des stalactites effrayantes les recouvraient, pareilles à des dents de lait menaçant de se déchausser de leur mâchoire de pierre.

Mathieu atteignit une porte rouillée qu'il poussa de toutes ses forces. Elle s'ouvrit dans un grincement infernal. On ne trouvait aucune nymphette dans cette région du manoir, car Bougetou les avait toutes dévorées par inadvertance. Un lustre hors de prix aux cristaux fluorescents avait été suspendu récemment pour remédier à cet inconvénient ; M. Hidalf avait préféré le dissimuler dans les souterrains, parce qu'il ne l'avait pas déclaré aux impôts.

Bougetou, un énorme chien blanc aux allures de loup, était affalé par terre et lorgnait d'un air accablé une poule gambadant autour de ses quatre têtes.

– Il est dans un sale état, avoua Mathieu qui n'en revenait pas. Normalement, quand il n'y a qu'une poule, toutes ses têtes se la disputent et c'est une vraie boucherie. Je crois qu'il a été empoisonné. Qu'en pensez-vous, docteur ?

Boitabon examinait le gros chien blanc avec de grands yeux ronds ; visiblement, il n'avait aucune intention d'honorer son diplôme de médecin en l'approchant davantage.

– Est-il précisé que si le chien a été empoisonné par la partie adverse, il y a rupture de contrat ? s'interrogea Mathieu tout haut en relisant le document jauni.

Non, il n'y avait rien de précisé ! C'était de la préméditation. Son père avait organisé le coup de l'empoisonnement depuis cinq ans ! Mathieu se pencha sur Bougetou, caressa sa tête la plus à droite, celle qui semblait la moins malade et qui bavait le moins. L'animal monstrueux laissa échapper un petit soupir de satisfaction avec sa tête de gauche.

– Bougetou, si tu guéris tout de suite, je te donnerai à manger une de mes sœurs, celle que tu veux ! promit Mathieu.

L'énorme chien se contenta de reposer ses museaux sur le sol.

– Bien, fit Mathieu tragiquement, il ne me reste plus qu'une seule solution ! Docteur, vous avez du poison ?

– Je vous demande pardon ? bredouilla Boitabon effrayé.

– Ce n'est pas pour mon père, rassurez-vous. Il me faut du poison pour assassiner mon chien, affirma Mathieu. Il n'est écrit nulle part que je dois assister à son enterrement, n'est-ce pas ?

Bougetou leva ses quatre têtes vers Mathieu en fronçant ses huit sourcils, ce qui faisait un drôle de tableau.

– Oh, tu n'as pas d'humour! grogna Mathieu en retournant sur ses pas.

Il traversa à nouveau les souterrains lugubres.

– Vous allez donc rester au manoir? l'interrogea le médecin haletant.

– Non, infirma Mathieu. Mon père a imaginé un problème. Moi, je vais imaginer une solution! Et il n'est pas dit qu'il aura plus d'imagination que moi.

Et Mathieu courut dans l'escalier, laissant loin derrière lui le docteur essoufflé, qui marchait à la lueur d'une nymphette clignotante.

*

Mathieu prit la direction du sommet du manoir d'un pas énergique. Dans l'escalier monumental, il rencontra sa mère, suivie de six demoiselles de compagnie qui s'efforçaient vainement de mettre de l'ordre dans sa perruque rouge. Mme Hidalf était une personne presque toujours aimable, qui s'efforçait de maintenir une humeur vivable dans le manoir. Aux yeux de son fils, elle était bien trop belle et trop intelligente pour n'avoir pas été victime d'un mariage d'intérêt.

– Mathieu ! s'exclama-t-elle en courant jusqu'à lui.
Joyeux anniversaire, mon ange ! Dix ans déjà ! C'est
le plus beau jour de ta vie !

Elle le serra contre elle comme Mathieu détestait.

– Quand partons-nous ? râla-t-il en se dégageant.

– Nous rejoignons le château dans une heure,
répondit Mme Hidalf, enthousiaste.

Son visage se froissa lorsqu'elle ajouta d'une voix
qui feignait d'être heureuse :

– Je viens d'apprendre que ton ami Pierre doit arriver d'un instant à l'autre. Il est possible qu'il nous
accompagne.

– *Pierre Chapelier ?* répéta Mathieu en oubliant
une seconde sa situation désespérée. Pourquoi ?
Pierre n'est jamais venu à l'anniversaire du roi !

– Il attend une lettre postée par la voie urgente,
que ton père a accepté de réceptionner au manoir.
Selon son contenu, il est possible que Pierre doive se
rendre au château avec nous... Dépêche-toi donc,
ou bien tu vas nous mettre en retard.

Alors, Mathieu se souvint qu'il n'allait pas au château. Il tordit son visage et pensa au pire jour de sa
vie, pour attendrir sa mère. Il choisit rapidement
celui où Juliette d'Airain, de quatre ans sa cadette,
avait prouvé à toute la famille qu'elle savait lire
avant lui. Mme Hidalf, attendrie, passa une main
sur sa joue.

– Qu'est-ce qui te rend si triste ? Et le jour de tes dix ans, en plus ! Dis-moi tout, mon chéri...

– C'est papa ! gémit Mathieu.

– Qu'a-t-il encore fait ? gronda Mme Hidalf.

– Il a empoisonné mon chien !

– Il a... Il a... Le brave Bougetou... est *mort* ?

– Non, justement, il est vivant ! se récria Mathieu scandalisé. Bel et bien vivant, le traître, car papa veut que je veille sur lui, à cause du contrat que j'ai signé quand je ne savais même pas lire, et donc je ne peux pas aller au château, tout ça parce qu'il croit que je n'ai pas grandi et que je vais faire une bêtise plus grosse que le jour de mes huit ans, ce que personne ne peut prouver, vu toutes les précautions que j'ai prises !

Mathieu montra le papier jauni à sa mère qui plissa les narines. Elle murmura sans même lire le document :

– Mon chéri, il faut savoir tenir ses engagements. Bougetou est très proche de toi, n'est-ce pas ? Et si tu étais malade, il resterait à ton chevet. Sois digne de sa loyauté. Ce n'est tout de même pas à cause de l'anniversaire d'un vieux roi que tu vas abandonner ton chien ? Souviens-toi comme tu prétendais que tu ne pouvais pas vivre sans lui, il y a quelques années... Je suis disposée à rester avec toi au manoir. Mon petit chéri ne fêtera pas son anniversaire tout seul !

Tourments au manoir Hidalf

Mathieu cessa brusquement de larmoyer, monta l'escalier d'un pas déterminé, prit à gauche en haut et pénétra dans la tour de son père, occupé à assaisonner sa perruque au salon. Depuis qu'il s'était levé, la situation n'avait de cesse d'empirer. Mais il avait encore un tour dans son bonnet de nuit... et pas n'importe lequel ! Il aurait préféré ne pas en arriver à l'idée de génie, mais il n'avait plus le choix. Il continua en direction du bureau du terriblement vieux et abîmé maître Barjaut Magimel.

*

Maître Barjaut Magimel logeait sous les toits de la tour de M. Hidalf, avec ses dossiers, ses grimoires et sa barbe plus poussiéreuse qu'une serpillière. Il était si vieux que personne ne l'avait connu enfant. Pendant plusieurs années, il avait dispensé un apprentissage quotidien aux trois aînés de la famille. Mais un beau matin, Mme Hidalf avait décrété que le vieux magistrat se contenterait de fournir à son mari les renseignements historiques, juridiques et licencieux dont il avait besoin pour exercer sa fonction. Car M. Hidalf avait reçu un lourd héritage de son propre père : il était sous-consul de Darnar, autrement dit un des hommes les plus puissants du royaume. Et les Hidalf se transmettaient ce titre de génération en génération, avec une vive fierté, dans l'espoir de devenir un jour consul à part entière.

Mathieu n'avait pas salué maître Magimel depuis le soir lointain où il s'était introduit dans son bureau, pour lui couper la barbe et la rapporter à ses sœurs. Mais il avait pris l'habitude de communiquer avec lui lorsque le juriste venait écouter les histoires que sa mère racontait à la tombée du jour. S'il s'était décidé à le consulter aujourd'hui, au péril de son enfance, c'était uniquement parce que le vieil homme aimait passionnément les interdits, les contournements astucieux et les procès sans issues apparentes. En quelque sorte, il était le vieillard de la situation.

Arrivé au sommet des marches, Mathieu entendit une voix éraillée s'exténuer dans le silence. « Elle est de retour..., chuchotait maître Magimel d'un ton lugubre. Impossible de l'approcher, mais sept Prétendants l'ont aperçue... Elle n'avait pas resurgi depuis la mort de... Oui, n'est-ce pas ? Louis Serra a beau ne pas y croire... Je vais écrire une missive à la direction. Il faut surveiller le parchemin nuit et jour. Qu'en dites-vous ? » Pendant une seconde, Mathieu, qui n'y comprenait rien, s'attendit presque à ce que quelqu'un réponde. Maître Magimel avait occupé, durant sa longue carrière de haut fonctionnaire, tous les postes clefs du royaume, et souvent, au milieu de la nuit, on l'entendait rejouer les scènes historiques des temps passés, avec une conviction plus vraie que nature.

Lorsque Mathieu frappa à la porte, un silence redoutable suivit.

– Hein ? fit la voix étonnée du vieillard depuis son bureau. C'est vous ?

– Non, c'est moi, répondit Mathieu en entrant.

– Ah ! Mathieu Hidalf ! s'exclama maître Magimel en le reconnaissant. Entrez, je vous prie.

Le juriste avait retrouvé l'allure élégante de sa prime jeunesse et semblait avoir vu Mathieu pour la dernière fois la veille au soir.

– Bonjour, maître Magimel… J'ai *absolument* besoin de vos lumières, à propos d'un simple contrat.

– Bien, Mathieu Hidalf. Laissez-le là, et revenez dans un an. Je suis débordé comme un tonneau percé de trous !

Le vieil homme désignait une pile de dossiers robuste comme un chêne. Mathieu se doutait que sa feuille resterait perchée au sommet pendant des décennies, avant que le maître des lieux ne la lise par erreur.

– Maître, en réalité, j'ai besoin de votre aide *tout de suite*, insista Mathieu en essayant de contrôler les tremblements de sa voix. C'est une question *de vie ou de mort.*

– Ah! Ah! fit le magistrat surexcité. Une urgence! J'aime les urgences.

Et il arracha le document des mains de Mathieu pour l'examiner attentivement. Pendant sa lecture, sa bouche remontait vers son oreille droite, comme s'il ne souriait que d'un côté.

– Que puis-je pour vous, Mathieu? dit-il enfin.

Mathieu se rapprocha du bureau et expliqua à voix basse, comme si M. Hidalf était caché derrière une tapisserie :

– Maître, mon père entend me retenir au manoir aujourd'hui parce que mon chien, qu'il a empoisonné, est malade. Je dois absolument trouver une faille dans ce contrat.

– Absolument?

– Absolument.

– Parfait. C'est impossible.

– *Impossible?* répéta Mathieu, horrifié.

– C'est moi-même qui ai conçu ce contrat. Il est donc parfait.

– Vous êtes sérieux?

Le vieil homme lança en l'air son chapeau pointu et éclata de rire :

– Bien sûr que non, Mathieu Hidalf! Ce contrat est une catastrophe juridique! Dites-moi ce que vous voulez, je pense pouvoir y déceler la preuve que votre père doit vous céder son manoir !

Mathieu sourit jusqu'aux oreilles.

– Vous êtes formidable, maître Magimel.

– Non, non, je ne suis qu'un génie, voilà tout. Asseyez-vous. Vous me donnez une minute ?

Mathieu obéit, admiratif. L'appartement du juriste était, pour tout autre que lui, dans un désordre stupéfiant. Le lit lui-même croulait sous les livres, les dossiers les plus improbables, des lettres encore cachetées et une multitude de plumes mystérieuses, dont maître Magimel devait faire la collection.

Les yeux bleus du magistrat, qui se déplaçaient à la vitesse de l'éclair, s'immobilisèrent soudain. Pendant une nouvelle minute, il demeura muet. Puis Mathieu entendit un bref : « Hum, hum... » Inquiet, il se rapprocha du vaste bureau.

– Vous avez trouvé quelque chose ?

– Si j'ai trouvé quelque chose ! se récria Magimel hors de lui. L'incompétence de votre père est révoltante ! Sans moi, il serait ruiné, destitué et en prison depuis le jour de sa prise de fonction ! Tout d'abord, il y a une erreur grotesque, grotesque, GROTESQUE. Votre père, pour souligner son agacement, a tenu malgré mes conseils éclairés à écrire, en tête de chaque paragraphe, cette proposition obtuse : *Ayant pleuré et cassé les oreilles de la famille tous les jours pendant six mois depuis mes cinq ans pour obtenir mon chien à quatre têtes.* Il l'a écrite, n'est-ce pas ?

– Oui, admit Mathieu, perplexe.

– Soit. Il a eu bien tort ! Le participe présent du verbe *avoir* induit une conséquence, et le contrat ne saurait être équitable si la cause première est tronquée, n'est-ce pas ?

– Je suppose, bredouilla Mathieu.

– Or, le parchemin est daté de trois mois après votre cinquième anniversaire ! éructa Magimel triomphant.

– Et alors ? balbutia Mathieu qui n'avait rien compris.

– *Et alors ?* tempêta Magimel en échangeant un regard désabusé avec un miroir fendu. Et alors, vous n'avez pleuré et cassé les oreilles de la famille que pendant trois mois, Mathieu Hidalf. Ce contrat est donc erroné !

Mathieu se leva si vite qu'il fit tomber sa chaise en arrière.

– Maintenant que vous le dites, je me rappelle que je m'étais donné quatre mois pour pleurer et obtenir Bougetou ! Mon père voit toujours double quand il s'agit d'une bêtise !

– Un instant, objecta Magimel très gravement.

– Oui ?

– Secondement, il n'est jamais stipulé que vous

deviez vous occuper de votre chien à domicile. Autrement dit, vous pouvez emmener votre animal avec vous au château du roi. En un mot, votre père est un incapable. C'est ainsi, et il faut de tout pour faire un monde imparfait. S'il n'admet pas ses erreurs, vous gagnerez aisément devant les tribunaux.

Mathieu était tellement surpris qu'il était désormais impatient d'annoncer cette bonne nouvelle à M. Hidalf. Un instant avant d'être monté, il redoutait de passer son anniversaire au manoir, seul avec sa mère et les demoiselles de compagnie, à souffler sur de stupides bougies de cire. À présent, il avait le choix entre aller au château avec ou sans son chien, grâce à la loi, et il commettrait une bêtise légendaire.

– Maître Magimel, vous êtes plus intelligent que l'illustre Stadir Origan ! le félicita Mathieu.

– C'est probable, mais ne le lui dites jamais. Il le prendrait très mal.

– Croyez-moi, je reviendrai souvent vous voir, surtout après la punition que je vais recevoir en rentrant du château !

Maître Magimel acquiesça d'un air connaisseur, avant d'ajouter avec légèreté :

– Il ne me reste plus qu'à vous souhaiter bonne chance...

– Bonne chance pour quoi ? se méfia Mathieu.

Le premier défi de Mathieu Hidalf

Le vieux juriste brandit majestueusement un exemplaire tout juste paru de *L'Astre du jour*, le plus grand quotidien du royaume, qui titrait en première page :

ET SI MATHIEU HIDALF RÉCIDIVAIT ?

Juste au-dessous, un sous-titre accrocheur étincelait :

Rigor Hidalf a promis qu'il mangerait
sa perruque en cas d'une nouvelle bêtise !
Aura-t-il raison de son fils ?
Rien n'est moins sûr...

Mathieu éclata de rire en bondissant dans l'escalier. Son père allait avoir une sacrée surprise !

*

Lorsque Mathieu entra au grand salon, où deux domestiques achevaient de garnir la perruque de M. Rigor Hidalf, tout le monde l'accueillit différemment, mais avec une vive attention. Ses deux sœurs avaient une mine déconfite. Mme Hidalf, quant à elle, était assise à l'écart de ses demoiselles de compagnie ; elle avait retiré à contrecœur sa perruque rouge, et adressait à son fils un sourire réconfortant.

Mathieu avait le visage sévère des grands hommes au moment d'une décision difficile à annoncer. M. Hidalf, qui faisait semblant de n'avoir rien remarqué, guettait pourtant la réaction de son fils sans oser respirer.

– Père, se lança Mathieu avec une gravité précoce pour un enfant de son âge, vous avez raison sur un point : on ne transige pas avec la loi, et il est hors de question que je manque à ma parole.

Les Juliette laissèrent échapper un seul soupir de déception, et M. Hidalf s'écarta de ses perruquiers occasionnels, tant il était surpris.

– Je suis très fier de toi, Mathieu ! dit-il précipitamment, comme pour l'empêcher de revenir en arrière. Très fier de toi ! La première décision de tes dix ans prouve à quel point tu as grandi. Non seulement je vais t'offrir tout ce que je t'ai promis, mais en plus, comme nous l'avons décidé depuis longtemps, tu vas être préparé mieux que quiconque à *l'épreuve du Prétendant* de l'école de l'Élite ! Et avec beaucoup d'exercices, tu y entreras dès tes onze ans, avec une année d'avance, comme t'y autorise la constitution.

L'œil de Mathieu étincela en entendant parler de l'école qui hantait ses rêves depuis toujours.

Le premier défi de Mathieu Hidalf

– Père, pardonnez-moi mon audace, dit-il avec fermeté, mais j'aimerais m'assurer, par contrat, que vos promesses seront bien tenues dès notre... dès *votre* retour.

Mathieu tendit un document et une plume à son père, qui afficha un large sourire, non dénué de fierté.

– Qu'en dis-tu, Emma ? lança-t-il en direction de son épouse. C'est bien le fils de son père, ce petit Mathieu ! On en fera peut-être quelque chose, après tout...

Puis il déclara en grand seigneur :

– Je suis prêt à signer ce contrat devant témoins.

M. Hidalf, en s'emparant de la plume, lut à haute voix les trois articles :

– *Article 1 : Moi, Rigor Hidalf, sous-consul de Darnar de père en fils depuis la nuit des temps, m'engage à offrir à Mathieu Hidalf un étalon noir et ombrageux sous trois jours, et garantis que Mathieu pourra s'en servir pour toute sorte d'usage dès mon retour du château, si Mathieu n'enfreint pas les articles du contrat Bougetou.*

Article 2 : Par ailleurs, je m'engage à l'abonner aux Contes de ma grand-mère édentée, *à réviser à la hausse ses heures légales de coucher, à renvoyer*

son précepteur le plus savant, et à lui donner auto-
rité sur sa petite sœur, toujours s'il n'enfreint pas les
articles du contrat Bougetou.

Article 3 : Si je devais manquer au moindre de
mes engagements, je libérerais par conséquent mon
fils de mon autorité néfaste.

M. Hidalf rit comme un ogre.

– Mathieu, félicitations ! C'est un beau contrat !
Le vieux maître Magimel serait confondu ! Devant
témoins, je signe !

– Rigor, est-ce bien justifié d'établir un contrat avec
ton propre fils de dix ans ? intervint Mme Hidalf du
ton sévère dont elle usait toujours lorsque son mari
se prêtait à ces jeux saugrenus avec ses enfants. Si
tu t'abaisses à cela, je m'oppose du moins catégoriquement à cette autorité absurde que Mathieu
détiendrait sur Juliette.

Juliette d'Airain poussa un soupir de gratitude,
Mathieu fronça les sourcils, et son père raya cette
clause pour sauver les apparences.

– Allons, Emma, le droit est le droit, conclut le
sous-consul d'un ton guilleret en haussant ses
épaulettes, et je suis enchanté que Mathieu reste
auprès de son chien.

Alors, M. Hidalf trempa sa plume dans l'encre

noire et signa d'une traite. Dans le silence complet, le grattement de la plume résonna avec éloquence.

– Bien! s'enthousiasma M. Hidalf sans apercevoir le sourire redoutable de son fils, tous au vestibule! Le misérable Pierre Chapelier devrait arriver d'un instant à l'autre pour repartir aussitôt chez lui... Je ne veux pas perdre une minute. Stadir Origan n'aime guère attendre, et moi, je ne veux pas contrarier le plus grand sorcier du royaume!

– Un instant, papa, fit Mathieu en essayant de conserver son calme, je n'ai pas complètement fini mes bagages. Je me dépêche!

M. Hidalf s'arrêta au beau milieu de sa marche, comme s'il venait d'être changé en pâte à tarte. Les deux Juliette écarquillèrent leurs yeux noirs. Mme Hidalf se leva pour la première fois. Les valets et les demoiselles soutinrent discrètement les bibelots fragiles du salon, en prévision d'un ouragan.

– Je te demande pardon, Mathieu? dit son père d'une voix terrible.

– J'ai oublié de vous dire, père, avant de vous faire signer ce contrat, que j'avais deux ou trois objections à vous faire.

– Deux ou trois... *objections*? répéta M. Hidalf dont le cœur battait plus fort que lorsqu'il s'adressait à l'ensemble du parlement de Darnar.

– Oui. Je suis très satisfait des faveurs que vous m'avez accordées, merci beaucoup. Mais je crois que je vais tout de même vous accompagner au château, parce que le contrat que vous m'avez fait signer est un vrai gruyère pour un juriste confirmé. Vous avez de la chance que je ne m'en sois pas rendu compte à cinq ans !

M. Hidalf était devenu aussi rouge que sa perruque. Il se contenta de se retourner vers Mathieu qui brandit le contrat Bougetou comme une vieille chaussette.

– Ainsi que vous me l'avez toujours démontré, père, rien ne vaut la loi, et il faut s'y soumettre. Or, le contrat que vous m'avez fait signer est erroné. Il n'a donc aucune valeur juridique. Vous prétendez, au début de chaque article, que j'ai pleuré pendant six mois pour obtenir mon chien à compter de mon cinquième anniversaire. Maman, quand suis-je né ?

– Le neuvième jour du mois des Rois, répondit aussitôt Mme Hidalf.

– Exactement, c'est-à-dire… trois mois seulement avant que j'aie obtenu Bougetou, comme le prouve la date du contrat.

Un sourire croissant se dessina malgré elles sur le visage des sœurs Juliette, tandis que M. Hidalf retirait d'un geste brusque sa perruque composée.

– Tu ne comptes pas t'en tirer avec un tour de

passe-passe si minable ? rugit-il à l'adresse de son fils, calmement assis dans son fauteuil.

– Non, admit Mathieu. Je reconnais que, pour trois mois, il n'y a pas de quoi faire un procès. Et je choisis plutôt de m'occuper de mon chien, auquel je tiens beaucoup.

M. Hidalf se mit à rire d'un air dément, comme si le roi venait successivement de le disgracier et de le promouvoir consul.

– Cependant, reprit Mathieu, rien ne stipule dans ce contrat que je doive garder mon chien au manoir. C'est pourquoi j'ai décidé que je l'emmènerais au château du roi avec nous.

M. Hidalf, blême comme un linge, voulut dire un mot, mais aucun son ne sortit de sa bouche béante.

– Bien ! intervint Mme Hidalf d'une voix claironnante. Mesdemoiselles, faites-moi une beauté, toute la famille part dans dix minutes !

Et Mathieu courut jusqu'à la porte du manoir, ses deux contrats sous le bras, en songeant que cet anniversaire deviendrait le plus beau jour de sa vie et, par la même occasion, le pire de celle du roi et de son père.

CHAPITRE 2

Les menaçantes promesses
de M. Rigor Hidalf

D ehors, un vent houleux s'abattait sur l'auguste façade du manoir Hidalf. Au loin, un chêne qui se moquait d'un roseau se rompit le dos dans un craquement sonore. Une roulotte frappée par le vent approchait, en se balançant de gauche à droite. Il était écrit en lettres vertes sur le flanc argenté du véhicule : *Madame Chapelier, chapeaux à la tête du client.*

Un garçon vif, d'une sombre beauté, aux cheveux blonds et à l'œil noir, jaillit d'un bond de la roulotte, sous les soupirs des deux sœurs Juliette.

On ne pouvait certes pas dire que Mathieu Hidalf et Pierre Chapelier étaient de véritables amis, et pour cause : Mathieu avait pour seuls amis ses sœurs, son chien et le vieil archiduc de Darnar. M. Hidalf exigeait de ses enfants qu'ils ne côtoient que la noblesse du royaume, ce qui l'arrangeait beaucoup, puisqu'il n'y avait aucun enfant de l'âge de Mathieu dans la noblesse darnoise. À l'exception, bien sûr, de Marie-Marie du Château Boisé, qui n'appréciait que les garçons grands et attentionnés, aux iris d'un bleu océan, sachant réciter de la poésie classique. Mathieu n'était ni grand ni attentionné, et quand il répéta la seule poésie qu'il avait apprise d'un garçon d'écurie, Marie-Marie lui avait assené un soufflet retentissant.

Heureusement, plusieurs fois par an, lorsque M. Hidalf s'absentait pour défendre ses intérêts aux quatre coins du royaume, Mme Hidalf invitait le fils Chapelier au manoir. Alors, on se couchait sans regarder l'heure, on se levait sans regarder l'heure, Pierre dormait avec Mathieu sans regarder l'heure, et, la plupart du temps, Mme Hidalf acceptait même que tout le monde dorme ensemble dans le grand salon.

Mais depuis deux ans, Mathieu avait à peine revu Pierre, parce qu'il avait été formellement privé de moments de joie par M. Hidalf. Quant aux rares fois où Mme Hidalf avait convié son ami en cachette, ce dernier avait mystérieusement décliné l'invitation.

Lorsque le fils de la chapelière gravit les premières marches, Mathieu comprit qu'il se tramait quelque chose. Pierre avait toujours eu l'air soucieux ; il paraissait ce jour-là plus tourmenté que M. Hidalf en personne. Chaque muscle de son visage était crispé, et ses yeux étaient si noirs qu'on aurait pu y puiser de l'encre.

Mme Chapelier arborait le couvre-chef le plus abominable que Mathieu ait jamais vu. L'emblème du royaume n'était autre qu'une buse. Pour fêter l'anniversaire du roi, la chapelière avait élaboré une coiffure pourvue de deux grandes ailes en papier mâché qui battaient dans le vide, si bien qu'on aurait dit que sa tête allait s'envoler.

Arrivé au sommet des marches, sous le ciel obscur, Pierre Chapelier souhaita à Mathieu un bon anniversaire, d'une voix inaudible.

– Bon anniversaire, mon garçon, répéta Mme Chapelier, qui semblait au bord des larmes.

Mme Hidalf surgit à son tour et confirma les soupçons de son fils. Mathieu ne l'avait pas vue si tremblante depuis le jour de ses huit ans. Il commençait à redouter l'annonce d'une terrible nouvelle.

– Vous l'avez reçue ? demanda Mme Chapelier d'une voix étouffée.

– Oui, répondit fermement Mme Hidalf. Elle est arrivée avec le courrier du consulat ce matin. Bien sûr, nous ne l'avons pas ouverte… Juliette est allée la chercher.

Hors d'haleine, la petite Juliette d'Airain sortit

du manoir en courant contre le vent. Elle tenait une enveloppe blanche, couverte d'un arbre miniature en or, dont les branches repliées faisaient office de cachet. Pierre était devenu pâle comme un fantôme. Mathieu cessa brusquement de respirer lui aussi. Il lui semblait que cette lettre… Oui, il la reconnaissait. Aucun doute ! Il s'agissait de l'arbre doré, l'arbre doré infalsifiable, l'arbre doré de l'Élite astrienne. Au dos de l'enveloppe, le nom et le prénom de Pierre Chapelier se faufilaient entre les branches dignes du travail d'un orfèvre comme de petits serpents noirs.

– Tu as douze ans…, balbutia Mathieu à l'attention de Pierre. Comment ai-je pu ne pas y penser ! Tu as douze ans ! Tu as passé… l'épreuve du Prétendant, le plus difficile examen du royaume… et le seul qui puisse donner accès à l'école de l'Élite !

– Et le verdict est dans cette enveloppe…, conclut Mme Hidalf.

La situation s'éclaircit aux yeux de Mathieu. L'école de l'Élite était réputée extrêmement dangereuse. Nombreux étaient les enfants qui n'en sortaient jamais. Et Mmes Hidalf et Chapelier redoutaient sans doute que Pierre y soit accepté…

*

Le cœur battant à l'unisson, Mathieu et Pierre s'étaient enfermés au sommet de la tour des Enfants. Ils entendaient, derrière la porte, les chuchotements endiablés des deux Juliette et de Mmes Hidalf et Chapelier qui se tenaient par la main. Plus sérieux qu'une enclume, Pierre regardait par la fenêtre deux silhouettes s'agiter dans le bureau de maître Magimel, en se mordant la lèvre, tandis que Mathieu examinait l'enveloppe cachetée avec minutie.

– C'est une vraie ! annonça-t-il fièrement. Arbre infalsifiable conçu par ce benêt de mage Bergamote... Écriture de la comtesse Dacourt en personne... Je ne la connais pas personnellement, mais j'ai étudié sa graphie !

– Est-ce que tu crois que j'ai la moindre chance d'être accepté à l'école ? demanda Pierre qui tournait en rond devant la fenêtre. J'ai tellement travaillé...

– D'après mon père, tu n'en as aucune, répondit calmement Mathieu.

– Je n'aurais jamais dû me présenter, admit faiblement Pierre. Un simple fils de chapelier n'a aucune chance de réussir l'épreuve du Prétendant... C'était une folie... Que dira Mme Hidalf ? Elle a dépensé une vraie fortune pour ma candidature...

– Je ne dirai rien, Pierre ! répondit la voix réconfortante de Mme Hidalf derrière la porte. Je sais que tu as fait tout ton possible.

– Vous ouvrez cette lettre, oui ou non! renchérit Juliette d'Airain d'une voix suraiguë.

Imperturbable, Mathieu soupesa l'enveloppe.

– Après tout, les Élitiens sont presque tous issus de la noblesse..., reprit Pierre d'une voix tremblante. Je peux te demander un service, Mathieu?

– Tu veux que je falsifie la réponse? s'exclama celui-ci. Je n'osais pas te le proposer! Difficile... Extrêmement difficile... Mais avec six mille diamantors de budget, tout à fait réalisable...

– Peux-tu l'ouvrir pour moi? lâcha Pierre dans un souffle. Et me dire simplement *non*, si je suis refusé.

– Une semaine tout au plus..., calcula Mathieu, perdu dans ses pensées. À solution exceptionnelle, mesures exceptionnelles... Je prendrai l'argent sur le compte commun de papa et maman. Papa supposera que maman s'est offert de nouvelles robes importées de Soleil... Maman imaginera que papa a encore eu besoin de liquidités pour une affaire qui se passe d'explications budgétaires... Mais pour six mille diamantors, il faudra que ce soit une sacrée robe!

– Ouvre la lettre, s'il te plaît..., répéta Pierre. Et dis-moi *non*... ou *oui*. Rien de plus...

Mathieu écarquilla les yeux, et les posa sur l'arbre doré qui illuminait l'enveloppe.

– Que je l'ouvre?

Son regard pétilla. Il fronça les sourcils, comme

s'il hésitait, puis il déchira brusquement l'enveloppe, en arrachant presque les quatre feuilles qu'elle contenait.

— Nom de nom! s'écria-t-il.

*

Un instant plus tard, Mathieu Hidalf quitta solennellement sa chambre, avec son visage des plus mauvais jours, si bien que les sœurs Juliette fondirent en larmes.

— Les Quatre Juges ont donc refusé Pierre? balbutia Mme Hidalf, partagée entre un sentiment de soulagement et de déception.

Mathieu la dévisagea avec une froideur extrême.

— Mère, si vous lisiez plus de fables pour les enfants, vous sauriez qu'il ne faut pas se fier aux apparences. Contrairement aux apparences, je suis *absolument* ravi.

Les deux Juliette échangèrent un regard perplexe. Mathieu n'avait pas paru plus furieux depuis le jour calamiteux de ses neuf ans.

— Es-tu sûr... que *ravi* soit le mot qui convienne? bredouilla Mme Hidalf.

— Oui, dit Mathieu au bord des larmes. Mais si je dois le répéter une fois de plus, je crois que même papa sera plus heureux que moi dans ce manoir!

Sur ces mots, Mathieu leva la lettre de l'école d'une main frémissante.

– *Les Quatre Juges ont l'honneur d'informer* M. *Pierre Chapelier de sa réussite exceptionnelle à l'épreuve du Prétendant. Les Quatre Juges ont par ailleurs décidé, en considération des efforts que Pierre Chapelier a consentis, de lui accorder la bourse du mérite. À ce titre, l'école remboursera à* M. *Rigor Hidalf, son tuteur financier, l'ensemble des frais occasionnés par sa scolarité. À compter du troisième jour du mois des Rois, Pierre Chapelier, douze ans, deux mois et quatre jours, est officiellement devenu Prétendant élitien.*

– La bourse du mérite! chuchota Juliette d'Airain émerveillée.

Livide, Mathieu serra les dents.

– Tu n'es pas content pour Pierre, Mathieu? demanda Mme Hidalf, effarée par l'attitude de son fils.

– Pourquoi n'ai-je pas dix-huit ans? répliqua Mathieu. Pourquoi n'ai-je pas douze ans? Pourquoi n'ai-je pas au moins onze ans? Bien sûr, moi, j'ai un âge nul et inutile! C'est un scandale que je sois si jeune par rapport à mon intelligence! Vous avez fait exprès de m'avoir en troisième! Si j'étais né à la place de Juliette d'Or, je serais déjà Apprenti!

Pierre sortit à cet instant de la chambre de

Mathieu ; il avait revêtu un habit d'une finesse et d'une discrétion inégalables, noir comme la nuit : la célèbre *luide* des Élitiens. À l'emplacement de son cœur, un tronc d'arbre doré, alimenté par des centaines de minuscules racines et dépourvu de branches, luisait dans la pénombre. Les deux Juliette applaudirent et les deux mères tombèrent avec des sanglots étouffés dans les bras l'une de l'autre.

– Tu as reçu ta luide ! s'émerveilla Mathieu, oubliant aussitôt sa condition tragique. Est-ce que l'arbre brille dans le noir ?

À cet instant, la voix de M. le sous-consul de Darnar, qui s'était engouffré dans l'escalier de sa tour personnelle d'un pas rapide, retentit comme un rugissement informe depuis l'autre bout du manoir. Mathieu reconnut, un instant plus tard, celle de maître Magimel, qui disait distinctement :

– Le contrat est formel. Ou bien vous cédez, ou bien vous libérez votre fils de votre autorité.

Mmes Hidalf et Chapelier échangèrent un regard soucieux.

– Une nouvelle bêtise ? chuchota Pierre à l'oreille de Mathieu.

– Tu te souviens de celle de mes huit ans ?

– Bien sûr ! s'exclama Pierre avec un mélange de gravité et d'admiration. Qui l'a oubliée ?

– Eh bien, assura Mathieu suffisamment fort pour

être entendu de sa mère, ce n'est *rien* à côté de ce que j'ai préparé pour cette année. Je n'ai plus huit ans, je te prie de le croire !

M. Hidalf entra dans le vestibule d'un air si furieux que personne n'osa lui signaler qu'il avait oublié sa perruque en forme de salade. Le sous-consul passa d'une traite devant ses enfants et lança d'une voix rauque :

– Direction le château du Lac ! Et le premier qui moufte est envoyé comme page au service des Ogres-À-Jeun jusqu'à la fin de sa courte vie, surtout s'il s'appelle Mathieu et fête ses dix ans aujourd'hui.

Devant le carrosse, Mmes Hidalf et Chapelier improvisèrent un concert de lamentations en embrassant Pierre et Mathieu.

– Et dire qu'il y a encore un an, bredouillait Mme Hidalf, je lisais au petit Pierre les *Contes de ma grand-mère édentée* ! Aujourd'hui, il s'apprête à intégrer l'école la plus dangereuse qui soit !

– Et dire que le petit Mathieu, bredouillait Mme Chapelier, qui a deux ans de moins que mon Pierrot, va essayer d'obtenir une dérogation pour y entrer dès l'année prochaine !

– Et moi aussi, intervint Juliette d'Airain perchée sur ses six ans, je veux y entrer quand je serai grande !

— Toi! s'écria Mathieu révolté. Mais toi, tu ne seras jamais grande, et tu es une fille! Tu feras de la danse comme Juliette d'Or!

M. Hidalf assistait à ces émotions intempestives avec la sensibilité d'un fer à cheval. Il épiait d'un œil torve le chapeau aux ailes de buse de Mme Chapelier qu'il considérait comme une injure au bon goût, surtout en comparaison de son costume rouge flanqué d'un gigantesque H doré. Il se disait que s'il avait pu enfermer Mathieu dans un donjon le jour de sa naissance, sa vie aurait été bien différente! Mais la loi et Mme Hidalf l'avaient empêché de sévir.

Quand les au revoir s'achevèrent enfin et que Mme Hidalf eut séparé Mathieu et la petite Juliette, le carrosse rouge de la famille s'élança dans l'allée du manoir, longeant la mer agitée.

Il est inutile de décrire l'atmosphère qui régnait à bord. M. Hidalf, respirant avec difficulté, tant il était furieux, siégeait sur la banquette tournant le dos à la route, entre Mathieu et Pierre, eux-mêmes assis en face de Mme Hidalf et des deux Juliette. Et entre les deux banquettes, reniflant comme un monstre qu'il était, Bougetou avait réussi à disposer ses quatre museaux baveux sur le plancher. Le pauvre chien, comme s'il avait compris qu'il valait mieux se faire oublier, tâchait de fermer ses huit paupières. Mathieu souriait dans le vide, en se penchant tantôt pour voir la tête que faisait son père, tantôt pour admirer l'arbre sans branches sur l'uniforme de Pierre. Il avait hâte d'arriver pour lui poser mille questions et pour lui révéler ses projets d'avenir. Ah! si seulement il avait eu un âge utile! Dès son retour, il saisirait maître Magimel pour faire un procès à la loi, et entrer sans délai à l'école de l'Élite.

*

Aux yeux noircis de colère de M. Rigor Hidalf, la situation était épouvantable : son fils l'accompagnait au château ; il venait de se rendre compte qu'il avait oublié sa perruque réalisée sur mesure par un orfèvre du royaume ; et il allait retrouver le consul de Darnar, qui lui avait vivement recommandé de laisser derrière lui les éléments incontrôlables de la famille. Si on lui avait proposé de parier son manoir contre cent diamantors en lui disant : «Votre voyage pourrait être pire!», il n'aurait pas hésité, car il n'avait aucune imagination. Mais Bougetou, le chien à quatre têtes, avait quatre fois plus d'imagination qu'un chien ordinaire, et au détour d'un virage, le malheureux animal eut l'idée de régurgiter la perruque de M. Hidalf, qu'il avait avalée par inadvertance en traversant le salon.

Pendant une seconde, tout le monde se dévisagea sans oser baisser les yeux.

– Papa, pourquoi avez-vous mis votre perruque sur vos chaussures ! s'étonna Juliette d'Airain en inclinant la tête.

M. Hidalf se leva si vite qu'il s'écrasa le crâne contre le plafond. Il descendit furieux du carrosse pour jeter ses bottes souillées dans la nature et en emprunter d'autres à un officier. On l'entendit hurler jusqu'en haute mer. À son retour, Mathieu voulut détendre l'atmosphère.

– Pauvre Bougetou, dit-il, il est vraiment malade ! Nous aurions dû le laisser à la maison.

Et Mme Hidalf dut empêcher son mari d'étrangler son fils.

Le reste du voyage fut rythmé par les plaintes dissonantes du sous-consul qui répétait :

– Impossible de retourner au manoir ! Impossible ! Et le jour de l'anniversaire du roi, tous les commerces sont fermés ! Je vais devoir emprunter des chaussures ! Quelle honte ! Je vais devoir emprunter une perruque ! Quel opprobre ! Je vais faire décapiter ce chien !

*

Le premier défi de Mathieu Hidalf

Parvenus devant le château du Lac de la cité de Darnar, Mathieu et Pierre admirèrent les sculptures des trente Élitiens en service, droits comme des hêtres, effroyables. Les Élitiens étaient des figures tout à fait particulières du royaume. Ils n'étaient pas des soldats. Ils n'étaient pas des politiciens. Ils n'étaient pas de vulgaires justiciers au service de la Couronne. Non. Personne, absolument personne n'avait le pouvoir de donner le plus petit ordre à un Élitien.

Le roi Abélard, dit le Grand Busier, régnait sur l'ensemble du royaume astrien. Chacune des cités du royaume était dirigée par un consul et un sous-consul dévoués au roi. Les deux plus grandes cités étaient Soleil, où logeait le Grand Busier, et Darnar, où logeaient M. Hidalf et sa triste progéniture. Si M. Hidalf n'avait rien contre le royaume, il détestait pourtant les habitants de Soleil, et se considérait comme un Darnois bien avant de se considérer comme un Astrien.

Quant aux Élitiens, sombres, discrets, formés aux missions les plus périlleuses, ils étaient à la fois moins influents qu'un consul et plus puissants que le roi lui-même. Ils étaient les seuls et uniques sujets du royaume à ne pas être soumis aux lois. En effet, seuls les Élitiens pouvaient juger un autre Élitien, et les rois téméraires qui avaient essayé de se débarrasser de l'Élite l'avaient amèrement regretté. Devenir Élitien était le rêve de tout Astrien, qu'il soit né à Darnar, à Soleil ou ailleurs. Il n'y avait qu'un seul moyen de le devenir : être accepté à l'école la plus difficile et la plus chère qui soit, y réaliser une multitude de prouesses, ne pas être renvoyé par l'effroyable directrice adjointe, et survivre assez longtemps pour faire partie, un jour, des trente héros du royaume.

Derrière Mathieu et Pierre, Juliette d'Airain essayait de se frayer un chemin, tandis que son grand frère montrait du doigt ses Élitiens préférés : le célèbre capitaine Louis Serra et le robuste Robin Tilleul. Depuis sa plus tendre enfance, Mathieu dépensait des fortunes dans des albums imagés de l'Élite. Grâce aux petites vignettes achetées dans les papeteries du royaume, il connaissait le visage et le caractère de chaque Élitien. Aucune image vieille de plus d'un mois ne manquait à sa collection, sauf une. Mais il s'était résigné à ne jamais la posséder, depuis que son père lui avait longuement expliqué que cette image mystérieuse avait été tirée à dix exemplaires seulement, puis interdite par la censure royale, qui en avait récupéré et détruit neuf.

– Un jour, intervint la petite Juliette d'Airain, j'aurai ma statue, moi aussi, sur la facade du château du Lac, et je serai la première fille élitienne!

Le premier défi de Mathieu Hidalf

– Ou alors, proposa Mathieu, tu auras ta statue dans un champ, et tu seras la première fille épouvantail !

Les deux enfants en vinrent aux mains, sous l'œil consterné de M. Hidalf, qui rêva une seconde que la mer franchît la digue pour les avaler.

*

Le vieux consul de Darnar, Armémon du Lac, qui détestait l'orage, les enfants, les chiens et les chouettes, se tournait les pouces malgré son arthrite, assis dans un fauteuil à bascule, entre quatre nourrices soufflant sur sa tisane. Le vieil homme considéra une par une les quatre têtes de Bougetou, en écarquillant davantage ses yeux noirs à chaque regard. Son front se plissa comme un journal froissé ; il annonça gravement :

– Rigor, j'ai une mauvaise nouvelle.

Le consul était un homme assez peu démonstratif. La dernière fois qu'il avait annoncé une *mauvaise nouvelle*, la moitié de Darnar venait de disparaître dans un incendie, si bien que M. et Mme Hidalf se dévisagèrent avec une vive inquiétude.

– Une *mauvaise* nouvelle ? répéta Rigor. Une épidémie de peste ?

– Une *très* mauvaise nouvelle, précisa le consul. Il

est d'ailleurs possible que l'anniversaire de Sa Majesté soit annulé.

M. Hidalf frémit, Mme Hidalf imagina une catastrophe, et Mathieu s'écria :

— Je ne peux pas y croire ! Il faut à tout prix trouver une solution !

Armémon du Lac dévoila sa série de dents émoussées, puis il grommela, en prenant le bras de M. Hidalf :

— Venez à l'écart.

Le consul et le sous-consul s'éloignèrent sous le regard intrigué de la famille Hidalf et de Pierre Chapelier.

— Ils ont peut-être découvert ma bêtise ! chuchota Mathieu, paniqué. Comment ont-ils fait pour savoir ? Je suis perdu à tout jamais !

À cet instant, le vieil Armémon ordonna de sa voix de ténor :

— En route. Nous verrons si l'anniversaire est maintenu ou non une fois sur place.

Le vieillard s'appuya sur le bras de Mme Hidalf en battant le sol de sa canne, comme s'il cherchait une trappe secrète. M. Hidalf entraîna pour sa part Mathieu près d'une fenêtre, pour avoir avec lui une *petite discussion sérieuse entre grandes personnes responsables.* Cela signifiait généralement, aux yeux de Mathieu Hidalf, une discussion qui ne le concernait pas.

– Mon cher enfant, commença le sous-consul, tu as dix ans aujourd'hui, dix ans déjà ! C'est un grand âge, c'est trois ans de plus que l'âge de raison chez les enfants normaux ! Dix ans, Mathieu, c'est l'âge auquel un père attend beaucoup de son fils, un âge auquel il peut partager avec lui beaucoup de... de choses nouvelles, de choses essentielles, de choses et de choses ! Si cela en vaut la peine...

Mathieu fronça légèrement les sourcils. Il n'était tout de même pas majeur, à dix ans !

– Tu seras sage..., exigea M. Hidalf.

– ... comme du potage, acheva Mathieu.

Le sous-consul se redressa en jetant un coup d'œil furtif à son épouse qui s'éloignait au rythme des tâtonnements de la canne d'Armémon du Lac.

– Maintenant écoute-moi bien, espèce d'insupportable garnement, tu auras droit à ton cheval et à tes autres lubies. Soit. Tu prépareras ton entrée à l'école de l'Élite. Soit. Mais si par malheur, si par malheur tu dévies du chemin de la politesse *une seule fois*, durant notre séjour, si *une seule fois* tu me fais passer encore pour un imbécile, je ferai en sorte de créer une loi qui t'interdise à tout jamais d'avoir onze ans, et tu resteras toute ta vie au manoir, enfant, à nourrir ton chien stupide et ton cheval boiteux dans ta cellule fermée à quadruple tour. C'est bien compris ?

– Rigor ? appela au loin Mme Hidalf. Nous allons être en retard !

– J'arrive, lança le sous-consul d'une voix mielleuse.

Puis il chuchota en fixant Mathieu au fond des yeux :

– Une bêtise, l'ombre d'une bêtise, le simulacre d'une bêtise, la rumeur d'une bêtise, l'idée même d'une bêtise, et tout le monde se rappellera le jour de l'anniversaire de Mathieu Hidalf comme celui de la plus grosse punition jamais infligée à un enfant ! C'est bien compris ?

Mathieu répondit avec un sourire qui effraya son père plus que tout :

– Je mesure toutes les conséquences de vos propos, papa. Merci beaucoup de m'avoir emmené avec vous.

M. Hidalf et son fils se hâtèrent de rattraper le consul et sa canne musicale.

– Alors ? demanda Pierre discrètement dès que Mathieu récupéra la laisse rouillée de Bougetou, qu'il fallait traîner comme un sac de pommes de terre à cause de sa migraine.

– Je crois qu'il se doute de quelque chose, révéla Mathieu. Il m'a promis une punition inimaginable si j'allais jusqu'au bout...

Le premier défi de Mathieu Hidalf

– Tu n'as pas peur ?
– Il n'aura pas l'imagination.

*

Au milieu d'une salle lugubre, deux chevaux noirs étaient attelés à un carrosse de verre resplendissant. À quelques pas, un large bassin argenté reflétait un naufrage peint sur le plafond. Un vent tourbillonnant, jaillissant de la bouche d'une cheminée monumentale, ébouriffait la crinière des chevaux, déracinait les perruques et arrachait les chapeaux des têtes. Les malheureuses nymphettes chargées de pourvoir cette salle en lumière portaient des armures et ne cessaient de se heurter les unes aux autres dans des bruissements confus d'acier.

Mathieu n'était pas ingénieur en magie, mais il se félicitait d'avoir tout compris au système des bassins depuis l'âge le plus tendre. Il suffisait d'attendre le plus illustre sorcier du royaume, de s'asseoir à bord du carrosse de verre, qui s'engouffrait dans l'eau et ressortait dans un autre bassin, ailleurs, par exemple dans le château du roi. Ce moyen de transport était bien pratique, étant donné l'étendue immense du royaume astrien, constitué en grande majorité de forêts impénétrables. Il fallait ainsi plusieurs jours de carrosse pour joindre Darnar et Soleil, les deux villes les plus puissantes du royaume, et à peine une seconde en passant par les bassins magiques. Ce qui contrariait Mathieu dans cette affaire d'une simplicité déconcertante, c'est que les gens ordinaires ne disposaient pas d'un carrosse de verre. Ils sautaient directement dans l'eau argentée. Et Mathieu avait toujours rêvé de sauter directement dans l'eau. Son sinistre père avait, hélas! un avis contraire sur la question.

– Je peux passer par l'eau, puisque c'est mon anniversaire? chuchota Mathieu à l'oreille de sa mère.

– Non, Mathieu. Le règlement est toujours le même. Il est vivement conseillé d'avoir seize ans révolus.

– Eh bien, je peux passer avec Juliette d'Airain, puisque, à nous deux, nous avons exactement seize ans!

La petite Juliette commença à sangloter.

– Mathieu, j'ai dit *non*.

– Alors je peux passer sans Juliette, mais avec Armémon du Lac, comme ça il mourra et papa deviendra enfin consul à la place du consul?

Armémon du Lac avait dû entendre quelque chose, car un de ses sourcils frémit légèrement.

– Mathieu, intervint M. Hidalf en approchant à grands pas, connais-tu l'histoire du petit garçon dont le dixième anniversaire s'est soldé par une double fessée déculottée qu'il reçut sur une estrade devant la cour astrienne ?

Les deux Juliette crièrent en chœur :

– Raconte-la-nous, papa ! Raconte-la-nous !

Avant que les deux sœurs aient fermé la bouche, l'eau argentée se souleva comme sous la pression d'un monstre. Des éclats aspergèrent la salle, la luminosité diminua violemment, et tout à coup, un vieil homme à la barbe bleue, maigre comme une épée, d'une élégance rare, apparut à la surface de l'eau. Ses yeux saillants illuminaient un visage préoccupé. C'était Stadir Origan en personne.

Mathieu et Pierre ouvrirent frénétiquement leur album de l'Élite astrienne pour comparer la silhouette avec l'image qu'ils possédaient du sorcier. Stadir Origan était le plus célèbre des mages du royaume, bien qu'il fût un des plus discrets. On disait que les Élitiens eux-mêmes se fiaient à lui comme à une horloge. Et peu d'hommes dans le royaume pouvaient se vanter d'obtenir une entrevue avec Louis Serra, le capitaine de l'Élite, en disant seulement un mot. Le sorcier jeta un coup d'œil pénétrant à la petite assemblée, et annonça à l'attention du consul de Darnar :

– Nous sommes pressés, Armémon. L'anniversaire du roi est maintenu, mais le pire est envisagé…

– Quel soulagement ! s'exclama Mathieu.

Les menaçantes promesses de M. Rigor Hidalf

Stadir Origan posa un instant son regard bleu sur lui, tandis qu'un domestique fermait les portes de verre du carrosse sur les voyageurs. Les deux chevaux noirs tirèrent le véhicule dans l'eau. Mathieu, debout, les encourageait bruyamment en tapant sur la vitre.

Le carrosse s'engouffra dans les profondeurs, tout s'assombrit, puis les passagers se sentirent brusquement tirés vers le haut.

CHAPITRE 3

L'offense de Juliette d'Airain

La famille Hidalf fut logée au dixième étage de l'interminable tour des Nobles. Plus un noble se rapprochait du toit, moins son rôle politique était considérable, de telle sorte que les dix premiers appartements étaient occupés par les pairs les plus influents du royaume. M. Hidalf avait donc le déshonneur de n'être que la dixième personne la plus influente de la cour, juste derrière le sous-consul de Soleil, ce qui ne manquait pas d'être la source d'une souffrance quotidienne. Il se consolait néanmoins grâce aux combines de maître Magimel : s'il n'était pas le personnage politique le plus en vue, il était, par la vertu de ses experts comptables, un des plus riches.

Pendant une heure, des valets exécutèrent des allers et retours pour transporter les malles des sœurs Juliette, tandis que M. Hidalf, mécontent, assis dans un fauteuil auprès d'une fenêtre, prononçait le discours qu'il répétait tous les ans en arrivant au château du roi :

— Pourquoi ce gros plein de soupe de sous-consul de Soleil jouit-il d'un appartement plus spacieux que le nôtre, alors qu'il a trois enfants de moins que nous ? Je ne peux pas supporter les injustices sociales.

M. Hidalf détestait bon nombre de ses confrères. Mais il détestait plus que quiconque au monde Méphistos Pompous, le sous-consul de Soleil, car depuis toujours, bien que personne ne sût pourquoi, les Darnois détestaient les Solélins, et inversement. Par conséquent, les familles de consul et de sous-consul étaient priées de donner l'exemple, et de se haïr avec autant de passion que possible. M. Hidalf était à ce titre absolument exemplaire.

— Allons, Rigor, notre appartement comprend quatorze pièces, c'est largement suffisant pour six personnes, remarqua sagement Mme Hidalf. Nous disposons de neuf chambres pour six, de quatre salons, de deux bibliothèques et...

— Je me moque qu'il ait quatorze pièces ! rugit Rigor Hidalf exaspéré. Ne comprends-tu pas que la taille ne fait rien à l'affaire, Emma ? Il pourrait en avoir quarante, si l'appartement du sous-consul de Soleil en a quarante et une, c'est bien la preuve d'une disgrâce ! Or, je ne suis pas l'inférieur du sous-consul de Soleil, que je sache ? On peut même dire que j'ai plus d'influence que lui, puisque Armémon n'a pas d'héritier et que bien sûr, tôt ou tard, un jour, *malheureusement*, ce vieux hibou de consul disparaîtra... Et alors ce sera moi, *moi*, le consul de Darnar, oui ! Et je serai au deuxième étage avec vingt-sept pièces et une armée de domestiques formés pour le service du roi ! Pourtant, ce diable de Méphistos Pompous dispose de quinze pièces, dont douze qui ne lui servent à rien ! Je le sais de source sûre ; voici ce qu'il m'a dit en me croisant tout à l'heure dans l'escalier (M. Hidalf imita une voix ridicule qui ressemblait fort peu à celle de Méphistos Pompous) : « Mon cher et fidèle Rigor, pourriez-vous loger le plus jeune de mes chats dorés dans votre appartement ? Le nôtre n'a que quinze pièces, et le chaton est un tel chasseur qu'il mangerait ses comparses. »

Ce devait être terrible, pensait Mathieu avec compassion, d'avoir autant de problèmes qu'un adulte comme son père. Tout en observant les ruelles débordantes du château, il réfléchissait au déroulement de son séjour. L'anniversaire du roi s'étendait toujours sur quarante-huit heures. À la tombée du jour aurait lieu une première cérémonie, en présence du souverain, le Grand Busier ; mais seuls la noblesse et les Élitiens y assisteraient. Généralement, Mathieu accomplissait sa bêtise ce soir-là, en souvenir de sa naissance. Cette fois-ci, il avait décidé de rompre avec la tradition... Il n'agirait que le lendemain, lors de la seconde soirée de l'anniversaire, qui réunissait presque tout le royaume dans la Cour carrée. Quelques heures avant la fête, il aurait à accomplir son plus grand défi. Et s'il se montrait à la hauteur, sa bêtise, qui lui avait paru impossible à mettre en œuvre pendant des mois, se réaliserait avec une précision implacable.

– Et qu'as-tu répondu à Méphistos ? demanda Mme Hidalf à son mari.

– Ce que j'ai répondu ? s'étrangla M. Hidalf. Que je me ferais un plaisir de m'occuper de son chat !

– Vraiment ? se réjouit Mme Hidalf. Je suis heureuse que vos rapports s'améliorent !

– J'ai accepté, et j'ai jeté le chat dans la chambre de Mathieu, dans laquelle Bouffetou n'a pas dû dormir longtemps ! conclut M. Hidalf. Nous l'aurons au moins emmené pour quelque chose...

– Rigor ! s'écria Mme Hidalf indignée. Tu n'as tout de même pas osé ?

– Tiens donc, et pourquoi pas ? répliqua M. Hidalf. Je proposerai ce soir à Méphistos de m'occuper de ses autres chats !

– Chouette ! intervint Mathieu. Bougetou a toujours aimé les chatons !

– Mais ce n'est pas fini ! reprit M. Hidalf, écarlate.

Le premier défi de Mathieu Hidalf

Lorsque Méphistos m'a remis son animal crasseux, le petit Roméo, son fils analphabète, a fixé mes bottes avec insolence pendant au moins quatre secondes ! Pardonnez-moi ma vulgarité, je lui en aurais bien mis un bon coup dans les fesses !

Mathieu tourna la tête en entendant parler de Roméo Pompous, le fils unique du sous-consul de Soleil. Roméo avait exactement le même âge que lui, et, comme l'exigeait la tradition, les deux garçons avaient été élevés pour se détester. Leur dernière entrevue datait de la précédente bêtise de Mathieu, deux ans plus tôt. M. le sous-consul de Soleil était responsable, entre autres broutilles, des activités des nymphettes dans le château du roi. Directement impliqué par la dernière bêtise de Mathieu, il avait profité de cette catastrophe pour faire croire à toute la cour que son fils avait convaincu les nymphettes de se remettre au travail, après sept mois de pourparlers.

Bien sûr, c'était un mensonge éhonté ! Si les petites créatures ailées avaient repris leur envol après de longues semaines de marche, ce n'est pas parce qu'elles avaient obtenu un jour de congé par an... La promesse d'être servies en pâture aux buses du royaume, en cas de nouvel incident, leur avait fait envisager les négociations sous un nouvel angle.

La porte du grand salon où étaient réunis tous les

L'offense de Juliette d'Airain

Hidalf s'ouvrit soudain sans que personne eût frappé, si bien que M. Hidalf, choqué par ce manque de délicatesse, s'apprêta à déclencher une tempête. Mais la porte révéla une jeune fille blonde et d'une beauté à couper le souffle ; elle avait un sourire rayonnant, des dents blanches et des oreilles un peu décollées, soigneusement dissimulées sous sa chevelure. Elle fonça sur Mathieu les bras grands ouverts. C'était Juliette d'Or, l'aînée des enfants Hidalf, qui venait d'apprendre l'arrivée de sa famille au château. Elle déposa un gros baiser sur la joue de son frère en lui souhaitant un bon anniversaire, puis elle bondit dans les bras de sa mère, qui s'était levée, la larme à l'œil. M. Hidalf, ravi de cette fille qui, quoique impertinente, avait reçu les honneurs du roi à son dernier spectacle de danse, l'embrassa avec effusion.

Juliette d'Or avait encore beaucoup grandi depuis sa dernière visite au manoir, ce qui ne laissait pas d'intriguer M. Hidalf, qui la soupçonnait de devenir une femme. Un débat passionné marqua ses retrouvailles avec sa fille ; elle avait eu l'indécence de se maquiller ! L'indignation du sous-consul était telle que Mathieu n'eut aucun mal à se faufiler hors de l'appartement n° 10.

*

Le premier défi de Mathieu Hidalf

Dans l'escalier de la tour des Nobles, agrémenté d'un tapis noir en poils de loup domestiqué, une foule incroyable allait et venait. Heureusement, l'escalier prodigieux avait deux sens de circulation. Chacun était tenu sur l'honneur de marcher à sa droite. Mais Mathieu, ne sachant pas différencier avec exactitude sa droite de sa gauche, descendit du mauvais côté et provoqua un embouteillage cyclopéen, tandis que les adultes chuchotaient sur son passage, en consultant avec curiosité l'édition du soir de *L'Astre du jour*.

En vérité, Mathieu Hidalf ne pensait plus à sa bêtise. Tout restait à faire pour la réaliser. Mais il n'agirait qu'au dernier moment, pour ne pas éveiller les soupçons. Ce matin-là, il voulait uniquement voir l'école de l'Élite de ses propres yeux, pour s'assurer qu'avoir dix ans était un drame. Grâce à son album imagé, plus précis qu'une boussole, il finit par arriver au seuil d'une galerie silencieuse, qui jurait avec toutes celles qu'il avait parcourues jusqu'à présent. D'épais rideaux noirs étaient tirés, masquant le ciel nuageux. Mathieu pensa qu'il avait fait fausse route, mais son album était catégorique. Il avança donc au milieu de l'étrange galerie, éclairée par un lustre branlant, qui diffusait une pâle lueur sur des tentures vieilles comme le monde.

Tout au bout de l'allée, Mathieu poussa une

double porte grinçante, et pénétra dans une salle circulaire à laquelle conduisaient plusieurs galeries, toutes aussi désertes les unes que les autres. Il laissa pendre son album au bout de son bras. Devant lui, un bassin d'eau argentée étincelait dans la pénombre. Se reflétant à la surface, une grille noire gigantesque, dont les barreaux sculptés ressemblaient à un mur de ronces, empêchait les visiteurs importuns d'aller plus loin.

– La *Grille épineuse* des Élitiens! s'émerveilla-t-il.

Devant la robuste grille, un pupitre abîmé, orné d'un livre noir aux pages jaunies, se dressait mystérieusement. Derrière la grille, un second pupitre faisait face au premier. Ces deux meubles centenaires étaient en quelque sorte les gardiens jumeaux de l'Élite.

Seule la flamme d'une chandelle vacillait sur le pupitre extérieur de l'école, qui étincelait pourtant comme si un brasier l'éclairait. Mathieu s'approcha des barreaux, le souffle coupé. Devant une série d'escaliers qui dégringolaient comme l'eau d'une fontaine, un arbre doré resplendissait dans l'obscurité. Contrairement au tronc nu cousu sur l'uniforme de Pierre, cet arbre-là était pourvu de centaines de branches qui se déployaient avec une complexité miraculeuse. Gigantesque, il illuminait l'ensemble du vestibule.

Mathieu imprima chaque détail dans sa mémoire. C'était derrière cette grille que se jouait l'histoire du royaume ! C'était là qu'il habiterait dans un an ! Reculant avec émotion, il se pencha sur le registre extérieur. À la page ouverte, au milieu d'une liste de signatures baveuses, il reconnut l'écriture élégante de Pierre. Si un écolier ou un Élitien écrivait son nom sur le registre, la Grille épineuse s'ouvrait comme par magie. Il n'y avait aucun autre moyen de la déverrouiller.

Mathieu s'empara de la plume posée à côté de la chandelle d'un geste brusque. Elle sortit de l'encrier sans goutter. La salle et le vestibule de l'école étaient vides, les escaliers et les galeries déserts… Il rédigea de sa plus belle écriture : *Mathieu Hidalf, futur sous-consul de Darnar (et sûrement futur consul, si Armémon du Lac meurt enfin), t'ordonne de t'ouvrir ou gare à toi.* Si par hasard ce vieux livre magique était aussi frileux que Juliette d'Airain, le tour était joué. Mathieu attendit une seconde avec espoir, en chuchotant : « Ouvre-toi ! Ouvre-toi ! », mais la grille noire resta obstinément close. Une phrase apparut alors sur le cahier : *Le fraudeur Mathieu Hidalf n'est pas inscrit à l'école de l'Élite. Gare à lui s'il ne recule pas prestement.*

Vexé, Mathieu décida d'arracher la page compromettante mais, à sa grande surprise, elle résista sans même se froisser. Mécontent, il l'empoigna des deux mains. Elle tint bon, inflexible.

– Je parie qu'on m'interdira d'entrer à l'école à cause de ça ! s'indigna-t-il.

– Je ne pense pas que l'école vous en tiendra rigueur, répondit une voix froide dans son dos.

Mathieu se retourna, prêt à inventer une explication géniale. Il en fut incapable.

Trois silhouettes noires venaient d'émerger silencieusement du bassin, accompagnées de Stadir Origan. Le cœur de Mathieu se mit à battre si fort qu'il ouvrit la bouche pour ne pas claquer des dents. Trois des plus célèbres Élitiens du royaume lui faisaient face… Le capitaine de l'Élite en personne, le sombre et solitaire Louis Serra, se dressait devant lui. Certains Prétendants ne l'apercevaient qu'une ou deux fois au cours de leur scolarité ! Le capitaine était un homme de trente-cinq ans passés, au visage fermé à double tour, aux cheveux et aux yeux d'un noir de jais. Il avait l'air extrêmement préoccupé et impatient. Un Élitien que Mathieu connaissait personnellement le suivait : l'austère et silencieux Julius Maxima Purple, un bel homme au teint pâle, qui avait dîné un soir au manoir Hidalf. Le dernier Élitien était un colosse réputé pour sa fougue et sa bonne humeur ; il paraissait ce jour-là vivement contrarié, peut-être parce qu'il avait égaré son uniforme légendaire. En effet, il était vêtu d'une simple tunique noire, et l'époussetait d'un geste agacé. Une nymphette d'une grande beauté était perchée sur son épaule gauche et veillait jalousement sur lui. Il se nommait Robin Tilleul. Mathieu entrait réguliè-rement en contact avec son frère jumeau, Olivier, qui n'était autre que son reporter attitré à *L'Astre du jour*, le célèbre quotidien.

– La plume, s'il vous plaît, murmura le capitaine Louis Serra sans accorder un regard à Mathieu.

Mathieu la lui tendit timidement. L'Élitien signa le registre et s'engouffra dans l'école.

– Si vous trouvez un moyen d'arracher cette page, tenez-moi au courant, Mathieu Hidalf, plaisanta Robin Tilleul en laissant échapper un éclat de rire puissant. Je n'ai jamais réussi en vingt ans, et ce n'est pas faute d'avoir essayé !

Mathieu cherchait une repartie, flatté d'être connu de l'Élitien, lorsque la robe illustre de Stadir Origan le frôla. Une voix douce jaillit alors de la barbe bleue du sorcier. Mathieu crut d'abord qu'il s'adres-sait aux Élitiens, mais ces derniers s'étaient éloignés de plusieurs pas.

– J'espère que vous nous avez préparé quelque chose de novateur, monsieur Hidalf, car cet anni-versaire risque d'être le plus triste depuis celui de

Barbou VI, dit Origan le plus bas possible. Une bêtise magistrale serait la bienvenue...

La Grille épineuse se referma sous le nez de Mathieu. Le mage et les trois Élitiens disparurent dans un des nombreux escaliers de l'école, qui se dressaient derrière une double porte grande ouverte.

Mathieu savait que sa renommée dépassait les frontières du manoir Hidalf. Mais il n'avait jamais songé que le plus grand sorcier de tous les temps fût l'un de ses admirateurs, et encore moins que Robin Tilleul connût son visage. Qu'était-il arrivé de si funeste lors de l'anniversaire de ce Barbou VI, sans doute un aïeul oublié du Grand Busier? Mathieu essaya une dernière fois d'arracher la page du registre, puis il courut dans les galeries désertes, décidé à mettre son père à l'épreuve dès son retour.

*

L'après-midi se résuma à une longue suite d'ennuis. Lorsque Mathieu s'introduisit dans l'appartement n° 10, M. Hidalf et Juliette d'Or paraissaient précisément au même point de leur discussion, si bien que le sous-consul n'avait pas remarqué l'escapade de son fils. Le pauvre simula bientôt un arrêt cardiaque, lorsque Mme Hidalf lui présenta le paquet-cadeau violet que Mme Chapelier lui avait confié à l'attention du roi. Les trois Juliette et Mathieu ricanèrent discrètement, tandis que M. Hidalf hurlait :

– *Comment ?* Nous offririons au roi une horreur de la part de cette folle ? C'est hors de question ! Je vois d'ici un chapeau avec soixante buses couronnées ! Je ne suis pas venu pour faire les commissions d'une chapelière illuminée ! D'ailleurs, la loi est formelle : un seul cadeau par famille de la noblesse !

Hélas, cette maladresse de Mme Hidalf fit resurgir dans l'esprit troublé de son mari le grand sujet qui captivait toute son attention depuis onze mois : le cadeau d'anniversaire du roi. Le couple Hidalf, sur les conseils avisés de maître Magimel, avait opté cette année-là pour une montre célébrissime. M. Hidalf l'avait rachetée une fortune à un collectionneur. Cette montre avait la particularité de ne pas donner l'heure. Elle avait appartenu quatre siècles plus tôt au roi Charles Fou X, qui l'avait fait élaborer par les plus grands sorciers de l'époque. Signée de la main du roi disparu, elle avait le pouvoir de tuer durant quelques heures celui qui la portait. D'après la légende, Charles Fou X avait réussi à mourir cent deux fois avec un grand succès. La cent troisième fois avait été fatale.

Soudain, M. Hidalf fut saisi d'une frayeur :

– J'y pense ! Et si le Grand Busier détestait cet ancêtre ?

– Je ne crois pas, avança sagement Mme Hidalf, que le roi prenne la peine de détester des ancêtres morts plusieurs siècles avant sa naissance. Si tu veux mon avis, Rigor, il l'a sans doute oublié.

– *Comment ?* s'insurgea le sous-consul. Tu veux dire que nous offrons au roi une montre de mort signée d'un ancêtre qu'il a oublié ? C'est une catastrophe ! Je vais être la risée de la cour !

– Ne sois pas stupide, Rigor. Cette montre a une valeur inestimable !

M. Hidalf passa l'heure suivante à se lamenter, à faire des plans sur la comète pour trouver un autre cadeau, ou un supplément frauduleux, tandis que les trois Juliette et Mathieu, lassés de ses mouvements d'humeur, avaient rejoint la grande bibliothèque de l'appartement n° 10.

*

– Dis-nous la vérité, Mathieu, s'empressa Juliette d'Or en ouvrant grand *L'Astre du jour*. J'ai lu l'article d'Olivier Tilleul. Il prétend qu'il n'a pas pu te rencontrer. Pourtant, les Juliette m'ont dit qu'elles l'ont entendu, un soir, au manoir…

Mathieu rougit. Il avait effectivement réussi à rencontrer son reporter attitré, deux semaines plus tôt, à une heure du matin, dans la bibliothèque du manoir Hidalf.

– Tu as mijoté quelque chose de hors norme pour ce soir, n'est-ce pas ? s'exclama Juliette d'Or avec un sourire gigantesque.

– Non, répondit Mathieu, catégorique.

Juliette d'Or perdit son sourire.

– Ne me dis pas que tu n'as rien fait ! Toutes mes amies ont parié sur ta bêtise ! s'alarma-t-elle.

– Rien fait du tout, répéta Mathieu. Je n'ai pas de temps à perdre avec ces choses-là !

– Même pas un petit quelque-chose ? insista Juliette d'Argent déçue.

– Peut-être un petit quelque-chose de hors norme, mais je ne veux pas être cafté, et je ne dirai rien de plus, assura Mathieu en fronçant les sourcils.

– Il ment, intervint Juliette d'Airain en posant un regard pénétrant sur son grand frère. Il a lu une tonne de livres de droit ces derniers mois... Voilà plus d'un an qu'il n'a pas commis la moindre bêtise... Je sais qu'il prépare quelque chose... Et quelque chose de terrible, à mon avis...

– Si tu me disais quoi, je pourrais te rendre quelques services en contrepartie, chuchota Juliette d'Or du ton dont elle usait pour disposer de chaque jeune homme qui croisait son chemin.

– Comme quoi ? répliqua Mathieu prudemment.

– Comme te présenter à des danseuses
quand tu seras au château l'année prochaiı
que je te rappelle que, dans ton école, les ıııes sont
strictement interdites et que la comtesse Dacourt les
traque comme du gibier. Je raconte à toutes que tu
es un garçon romantique et ténébreux, et que papa
reçoit des centaines de demandes en mariage te
concernant... La moitié de mon école est déjà amoureuse de toi !

– Pouah ! fit Mathieu en rougissant. Moi, je veux
être un Élitien ! Je n'ai pas besoin de me marier !
Est-ce que Louis Serra est marié, lui ?

Juliette d'Or émit un sourire indulgent.

– Mais peut-être que tu voudrais plutôt que je te
présente à des garçons de *mon* école ? remarqua
Mathieu en pointant un doigt accusateur sur sa sœur.

– Peut-être, admit Juliette mystérieusement. Ou
peut-être que j'ai *déjà* rencontré un garçon dans *ton*
école, et que je n'ai pas besoin de toi, chuchota-t-elle
avec un sourire charmeur.

– Maman ! s'écria Mathieu en se levant. Maman !
Papa ! Maman ! Que tout le monde vienne assister
au scandale ! Juliette d'Or est pire que grand-mère !
Elle a un nouvel amoureux !

Mathieu avait bondi comme un loup vers la porte
de la bibliothèque, mais Juliette lui barra la route
d'un air menaçant.

— Mathieu, réfléchis bien, et demande-toi si papa et maman aimeraient connaître certains des petits secrets que nous partageons toi et moi...

— Quel genre de secrets ?

— La liste est longue.

— As-tu seulement un exemple précis ? riposta Mathieu en pointant l'index sur sa sœur.

— Par exemple, que c'est bien *toi* qui as mis le feu au manoir, il y a six ans.

— Je ne dirai rien, assura Mathieu.

Un instant plus tard, Mme Hidalf, contente de s'éloigner de l'orage qui grondait au-dessus de son mari, entra dans la bibliothèque silencieuse.

— Tu m'as appelée, Juliette ?

— Non, c'était moi, grogna Mathieu.

— Ne sois pas froissé, mon chéri. Je n'avais pas entendu précisément, et en disant Juliette, j'avais trois chances sur quatre de tomber juste, tu le sais bien. Que voulais-tu ?

— Je voulais mes cadeaux. J'ai été irréprochable pendant deux ans ! Pourquoi n'ai-je pas mes cadeaux ? Mon acte de naissance n'est-il pas formel ? Je suis né à une heure du matin ! On me fait toujours le coup, j'ai toujours mes cadeaux en retard ! Et d'ailleurs, Juliette d'Argent, elle, est née à onze heures du soir ; elle a toujours ses cadeaux en avance ! Je le sais, je me suis informé auprès de maître Magimel. Je ne puis plus supporter ce favoritisme constant, mère, qui va jusqu'à la féminisation de mon prénom. Papa m'appelle Juliette, les Juliette m'appellent Juliette, vous m'appelez Juliette, et je jurerais que Bougetou m'aboie Juliette aussi. Je réclame un dédommagement !

– Si tu veux avoir un seul cadeau aujourd'hui, je te conseille vivement de me parler sur un autre ton, répondit Mme Hidalf.

Mathieu s'assit, contrarié, essayant de deviner qui pouvait être l'amoureux de sa sœur. Il s'agissait peut-être de Pierre ! Non, il était trop jeune et c'était son premier jour au château. Il s'agissait peut-être de Louis Serra ! Non, il était trop vieux, trop occupé et surtout trop intelligent. Mais alors qui était-ce ? Il épia la jeune fille qui souriait dans le vide.

Mme Hidalf quitta la bibliothèque pour préparer sa toilette, et Mathieu demanda à Juliette d'Or si elle savait ce qui s'était produit lors de l'anniversaire du roi Barbou VI.

– Hein ? fit-elle étonnée. Comment saurais-je une chose si inutile ? Je n'ai jamais entendu parler de ce Barbou !

– Quelle drôle de question ! renchérit Juliette d'Argent.

– Quand je vois Juliette d'Argent et Juliette d'Or, confia Mathieu à sa petite sœur, je me demande à quoi sert de grandir. J'ai l'impression désagréable que, dans notre famille, plus on est âgé, plus on est stupide !

Les deux aînées se jetèrent sur lui et déclarèrent ouverte la guerre des chatouilles. Mathieu perdait toujours à cette guerre, car il était le seul chatouilleux de la famille, ce qui était injuste, mais maître Magimel en personne n'y pouvait rien.

*

Lorsque les horloges du château sonnèrent dix-huit heures, la famille Hidalf était réunie au salon, dans l'attente de M. Hidalf, parti rejoindre Armémon du Lac pour une affaire pressante.

Mathieu lorgnait l'énorme paquet posé sur la table, en se disant qu'il ne pouvait tout de même pas contenir un cheval. Bougetou, à ses pieds, semblait avoir retrouvé un peu du poil de la bête ; chaque enfant caressait une de ses têtes blanches.

Les deux Juliette aînées, très élégantes dans leur robe rouge, regardaient de temps en temps leur mère, qui marchait de long en large en retouchant son maquillage. Juliette d'Airain lisait de son côté un livre colossal. Mathieu l'observait d'un air dépité, lorsque la petite fille s'exclama :

– Voici ton premier cadeau d'anniversaire !

L'offense de Juliette d'Airain

Mathieu doutait fort qu'un cadeau lui étant destiné puisse sortir d'un ouvrage si volumineux, mais sa sœur ajouta du ton insupportable d'une petite fille de six ans qui en sait beaucoup plus que son grand frère de dix :

– Tu te demandais tout à l'heure ce qui est arrivé lors de l'anniversaire d'Auguste Barbou VI, n'est-ce pas ?

– Oui, reconnut Mathieu à contrecœur.

– Facile. J'avais lu quelque chose sur cet ancêtre majeur, commença la fillette. J'ai tenu à vérifier de peur des approximations.

– Et que s'est-il passé, ma chérie ? intervint Mme Hidalf, fascinée par la précocité de cette enfant.

– Chère mère, il y a cent deux ans, le roi Auguste Barbou VI fêtait son dernier anniversaire.

– Je le sais déjà, ça ! mentit Mathieu. Tout le monde le sait !

– Il est mort, empoisonné, au cours du dessert, conclut Juliette d'Airain en refermant le livre d'histoire. On n'a jamais su qui étaient les coupables.

Un silence songeur accueillit cette nouvelle, pendant lequel Mme Hidalf dévisageait son fils d'un œil inquisiteur.

– Et pourquoi Mathieu voulait-il ce charmant renseignement ? demanda-t-elle d'une voix tremblante.

– Je voulais empoisonner le roi, prétendit-il, mais puisque le coup a déjà été fait, je vais devoir trouver autre chose.

Au fond de lui, Mathieu était curieux de savoir comment l'anniversaire du Grand Busier pourrait être plus triste que celui de Barbou VI.

– Quand est-ce que Mathieu ouvre ses cadeaux ? s'impatienta Juliette d'Argent.

– Oui, maman, on ne va pas attendre papa toute la nuit ! renchérit Juliette d'Or. Nous passons nos vies à l'attendre !

– J'exige mes cadeaux ! rugit Mathieu, conscient qu'il fallait s'engouffrer dans la brèche.

Comme toute la famille perdait son calme, Mme Hidalf décida de raconter à ses enfants une de ces histoires dont elle avait le secret, et que maître Magimel venait souvent écouter le soir, au coin du feu.

– Mathieu, tu choisis l'his...

– Une histoire d'Helios ! trancha Mathieu avec ardeur.

– Oh, non ! fit Juliette d'Argent. Pas une histoire d'Helios ! Mathieu choisit toujours des histoires d'Helios !

– Quand ce sera ton anniversaire, tu choisiras une histoire idiote de princesses stupides, indiqua

Mathieu d'un ton hautain. J'ai été privé d'histoires d'Helios pendant deux ans !

Les Helios étaient aussi importants dans la vie de Mathieu Hidalf que son propre père et son album de l'école. Selon les rumeurs, ils avaient l'apparence d'êtres humains, vivaient parfois des siècles et possédaient des pouvoirs redoutables et mystérieux. Personne ne savait plus s'ils existaient vraiment ou non, et M. Hidalf le premier refusait d'entendre parler de ces sornettes. Les Helios peuplaient surtout les livres de contes de Mathieu, qui, pour sa part, était parfaitement convaincu de leur existence.

– Il était une fois un Helios qui s'appelait Corindor, commença Mme Hidalf.

– Corindor ! soupira Juliette d'Or.

– Corindor ! répéta Juliette d'Argent.

– Corindor, nom helios typique, expliqua Juliette d'Airain.

– Ses habits étaient de quelle couleur ? lança Mathieu.

– Rouge, bien sûr. La couleur des Helios les plus sages, précisa sa mère.

– Ah, oui, rouge ! confirma Juliette d'Airain.

– Et que se passe-t-il après ? poursuivit Mathieu.

– Comme tous les Helios rouges, reprit Mme Hidalf, Corindor…

– Il avait quoi comme pouvoirs ? s'écria Mathieu

surexcité. Il avait le pouvoir des billes rouges qui tuent tout le monde ? *Psss... Boum !*

– Laisse maman raconter, Mathieu, je te prie, gronda Juliette d'Or. Tu es épuisant d'immaturité !

– Oui, mais il avait quoi comme pouvoirs ? *Psss... Boum !*

– Cet Helios rouge-là avait fait vœu de ne jamais tuer personne.

– Oh ! fit Mathieu, déçu, en s'allongeant sur le tapis. Somme toute, cette histoire ne m'intéresse guère.

– Parce qu'il était amoureux, n'est-ce pas ? demanda Juliette d'Or.

– *Quoi ?* s'étrangla Mathieu en se redressant. Et pour quoi faire ? C'est un Helios !

– Les Helios aussi tombent amoureux ! intervint Juliette d'Argent.

– Oh non ! tempêta Mathieu. C'est reparti ! C'est bien connu que les Helios ne tombent pas amoureux ! Ils n'ont pas de temps à perdre avec ces choses-là, je peux bien te le dire !

– Maître Magimel lui-même me l'a dit ! renchérit Juliette d'Or.

– Maître Magimel est fou ! protesta Mathieu.

Fière de son coup, Mme Hidalf laissa ses quatre enfants se quereller pendant une demi-heure, pour déterminer si, oui ou non, les Helios tombaient fréquemment amoureux.

Lorsque M. Hidalf, furieux, entra dans l'appartement, il rugit :

– Par la barbe bleue et hirsute d'Origan au réveil ! J'en ai par-dessus la perruque de vos chamailleries ! On vous entend jusque dans le salon du consul !

– Mais c'est parce que Juliette d'Or prétend que les Helios sont amoureux, papa ! hurla Mathieu encore plus fort que son père.

– Assez ! explosa M. Hidalf. Mathieu, que je sache, tu n'as jamais vu d'Helios ; Juliette, toi non plus ; moi-même, je n'ai jamais croisé l'ombre d'un Helios ! En attendant…

– En attendant, coupa poliment Mme Hidalf, ouvrons vite les cadeaux de Mathieu, avant de partir pour la salle Cérémonie.

À la suite de nombreux incidents, les Hidalf avaient depuis longtemps pris la décision d'exclure les traditionnelles bougies des anniversaires de leur fils, Mathieu prétendant qu'elles n'avaient pour but que de l'humilier en lui rappelant son âge. Il courut donc jusqu'à la table aux cadeaux, mais sa mère l'arrêta, annonçant d'un ton impérieux que le premier présent serait celui de la grande Juliette.

*

Le premier défi de Mathieu Hidalf

Mathieu s'assit les bras tendus, le sourire croissant, le front héroïque, mais Juliette d'Or prévint que son cadeau à elle se composerait d'un court spectacle de danse d'au moins quinze minutes interminables. Sous les yeux dépités de Mathieu qui se demandait pourquoi son anniversaire était toujours l'occasion pour les autres de s'amuser, la jeune fille enchaîna cent cinquante pirouettes avec la légèreté du docteur Boitabon, des roues bosselées, des sauts de grenouille, des pointes à dormir debout, puis un équilibre fracassant que Mme Hidalf ne put se retenir d'applaudir. À la fin, elle s'inclina devant son public, et Mathieu courut jusqu'à la table ouvrir ses cadeaux.

Une nouvelle fois, Mme Hidalf l'arrêta, et ce fut au tour de Juliette d'Argent d'offrir le sien : une brosse à dents à quatre têtes pour Bougetou. Mathieu avait compris le manège ; il ne prit pas la peine de courir jusqu'à la table. Il croisa les bras en grimaçant. Juliette d'Airain avança la dernière au centre du salon, sous un lustre étincelant, et expliqua en se raclant la gorge :

– Pour l'anniversaire de mon frère unique et bien-aimé, j'ai composé un poème en rimes suivies, dont la métrique est certes hasardeuse, mais qui demeure très élaboré pour une petite fille de six ans.

L'offense de Juliette d'Airain

Désespéré, Mathieu adressa un regard suppliant à sa mère. Juliette d'Airain sortit une feuille de papier soigneusement pliée en quatre de sa poche, et lut à voix haute, en mettant le ton :

Mon frère n'est pas le plus malin,
Il ne sait pas compter jusqu'à vingt.
Mon frère n'est pas le plus rigolo,
Il me fait souvent froid dans le dos.
Mon frère n'est pas le plus joli,
Surtout quand il sort de son lit.
Mais mon frère n'est pas non plus le plus sage,
Il met toujours mon papa en nage.

Un bref instant de silence suivit, puis Juliette d'Airain s'inclina. Mathieu, qui s'était attendu à d'autres éloges, n'en croyait pas ses oreilles. Sa mère et ses deux autres sœurs, un peu étonnées par la chute du poème, réagirent tardivement. En revanche, M. Hidalf se leva et applaudit à tout rompre pendant près d'une minute.

– Voici la feuille, dit la petite Juliette en la tendant à son frère.

– Merci, garde-la, grogna ce dernier. Tu pourras la réutiliser dans un an.

– Allons, ta sœur faisait de l'humour ! intervint M. Hidalf. Évidemment que tu n'es pas qu'un garçon qui a des défauts ! Mais Juliette n'a que six ans !

Mathieu s'apprêtait à occire sa sœur une bonne fois pour toutes, lorsque sa mère lui indiqua le paquet titanesque posé sur la table.

Alors Mathieu Hidalf retrouva toute sa dignité. Au moment où il empoignait le nœud pourpre, son père prit solennellement la parole :

– Si tout se passe bien ce soir, mon garçon, nous irons choisir ton cheval demain. En attendant, voici de quoi t'occuper cette année, et de quoi réaliser tes rêves.

« De quoi réaliser mes rêves ? » pensa Mathieu, impressionné. Il s'agissait sans doute d'un objet magique rarissime qui exauçait les vœux. Il en avait déjà entendu parler dans la revue *Magie rose*, à laquelle ses sœurs étaient abonnées. Si c'était le cas, attention, il avait déjà trouvé le sien ! Il souhaiterait avoir onze ans tout de suite, et il faudrait tout recommencer avec un an de plus !

Il déchira le paquet d'un geste théâtral, et demeura un instant perplexe en découvrant quelque chose qui ressemblait vaguement au pire cadeau qu'on puisse offrir à un enfant normal, c'est-à-dire... un livre ! C'était presque déraisonnable, car il y en avait trois piles, trois piles de livres épais comme des dictionnaires, garnis d'une reliure de cuir.

– Oh, la chance ! fit Juliette d'Airain en approchant.

– Qu'est-ce que c'est ? bredouilla Mathieu. Un piège ?

– Voici les ouvrages qui te sont *indispensables* pour préparer l'épreuve du Prétendant de l'école de l'Élite, lui apprit sa mère, en laissant une larme vagabonde rouler sur sa joue.

Mathieu lui aussi avait envie de pleurer. Son père ajouta avec entrain :

– Mon fils, la première colonne concerne la constitution des Élitiens ; maître Magimel a participé à l'élaboration de la moitié de ces ouvrages. La deuxième pile traite des arts du discours. Elle te sera nécessaire pour prouver qu'un agneau buvant dans un ruisseau en aval d'un loup a bien mérité de se faire dévorer. Enfin, la dernière pile te permettra de maîtriser des bases élémentaires de médecine et de désapprouver le docteur Boitabon lorsqu'il se paiera notre tête.

Mathieu préparait une riposte foudroyante mais, au moment précis où il ouvrit la bouche, on frappa à la double porte du salon. Un domestique annonça gravement :

– Monsieur le fastidieux Armémon du Lac, consul de Darnar, vous fait savoir qu'il se rend fastidieusement à la salle Cérémonie pour assister à l'arrivée fastidieuse du roi.

– Je ne sais pas ce que veut dire *fastidieux*, chuchota Mathieu, enthousiaste, à l'oreille de Juliette d'Argent, mais à vue de nez je prédis qu'on ne va pas s'ennuyer une seconde !

CHAPITRE 4

La rencontre des tristement célèbres jumelles Violette et de Mathieu Hidalf

M. et Mme Hidalf, élégants comme deux tomates farcies, invitèrent leurs quatre enfants à les suivre. Lorsque la famille franchit la porte, un silence stupéfiant frappa l'escalier pourtant encombré. M. Hidalf se persuada qu'il était dû à la beauté de Juliette d'Or.

Au seuil de l'appartement du dixième étage, Mathieu remarqua deux jeunes femmes que la nature avait pourvues de toutes les grâces recommandables. Blondes comme l'aurore, elles portaient une robe violette et une ceinture rouge ; elles posèrent sur lui des yeux pénétrants.

Mathieu suivit sa mère sans se préoccuper de ces inconnues. L'escalier de la tour des Nobles était embouteillé par les toilettes extravagantes des invités. Juste devant ses parents, Mathieu reconnut Roméo Pompous, qui avait encore grandi depuis leur dernière rencontre. Le jeune garçon suivait sa mère, qui salua aussitôt Mme Hidalf avec amitié, car, dans ces familles, les épouses, étant nettement moins aigries que leur mari, avaient décidé de ne pas se haïr.

En bas de la tour des Nobles, dans un vestibule illuminé par un lustre flamboyant, des dizaines de majordomes tourbillonnaient entre les perruques colorées. Mathieu aperçut le centenaire archiduc de Darnar, son meilleur ami, qui venait d'offrir un bouquet de roses rouges à sa jeune épouse. L'archiduc avait une démarche curieuse, à cause de ses jambes maigres de cent ans ; il avait un visage curieux lui aussi, à cause de sa maigreur de cent ans. Tout était maigre et curieux de cent ans chez lui, sauf sa perruque, qu'il avait changée le jour même, argentée et foisonnante. Une harmonie et une joie de vivre uniques émanaient de cet homme à l'allure si désinvolte. Dès qu'il vit Mathieu, il quitta son épouse d'un pas claudicant et lui serra la main.

– Mon petit Hidalf ! Joyeux anniversaire ! Vous avez encore poussé !

– Comme le poil de barbe qu'on se rase désespérément tous les matins, intervint M. Hidalf qui ne quittait pas Mathieu d'une semelle. Comment allez-vous, mon cher archiduc ?

– Mon petit Rigor, je vais comme un tas d'os centenaire! C'est-à-dire admirablement bien, pourvu que ma fougueuse épouse ne m'entraîne pas à des bals costumés tous les soirs. Je crois que je vais en changer bientôt!

M. Hidalf affecta un air indulgent, et attira l'archiduc loin de son fils. Le vieil homme eut juste le temps de murmurer, en lui adressant un clin d'œil :

– J'ai parié une fortune colossale... J'espère que vous ne nous décevrez pas...

La plupart des nobles du royaume avaient pris l'habitude, malgré les interdictions royales, de parier chaque année sur la bêtise de Mathieu Hidalf. Une partie pensait que Mathieu ne parviendrait pas à provoquer une nouvelle catastrophe, une autre qu'au contraire il en commettrait une sans précédent. L'archiduc de Darnar était un des plus grands joueurs de la cour et reversait toujours la moitié de ses gains à Mathieu.

– Monsieur mon ami, je ne voudrais pas vous décevoir, répondit Mathieu d'une voix forte.

L'archiduc laissa échapper son rire couinant en suivant M. Hidalf dans la foule.

Mathieu chercha ses sœurs, mais elles s'étaient évanouies parmi les autres enfants de la noblesse. Il réalisa que le hasard avait porté Roméo Pompous à côté de lui. Les deux garçons arborèrent une expression peu courtoise. Roméo était un peu plus grand que Mathieu Hidalf, il avait comme lui des cheveux noirs, mais les siens étaient admirablement bouclés. Ses lèvres ne souriaient presque jamais, et si par malheur on les voyait sourire, il fallait s'attendre à une moquerie amère. Quoiqu'il eût la réputation d'avoir de l'esprit, Roméo n'en avait encore jamais témoigné en public, si bien que M. Hidalf le considérait comme un parfait idiot.

– J'ai hâte d'avoir onze ans, annonça Mathieu.

– Oh, moi aussi! avoua Roméo en poussant un profond soupir. Je n'en peux plus d'avoir dix ans...

– Tu vas tenter d'obtenir une dérogation pour entrer à l'école dès l'année prochaine, n'est-ce pas?

– Oui! admit Roméo à voix basse en surveillant son père. Il paraît que l'épreuve du Prétendant est redoutable... mais qu'on a peu de chances d'y mourir. Ce qui est dommage d'un certain point de vue, car les candidats qui meurent pendant l'épreuve sont acceptés à titre posthume à l'école!

Roméo sourit vaguement, puis les deux enfants se perdirent dans leurs pensées, ayant oublié qu'ils se détestaient.

– Tu devrais faire attention, Mathieu Hidalf, dit soudain Roméo.

– Attention à quoi?

– À ta bêtise... Puisque je suis solélin, et que tu es darnois, je ne devrais pas te le dire... Mais tu as tellement d'ennemis pour te nuire... *Elles sont là pour toi*...

Mathieu jeta un coup d'œil étonné aux alentours; les deux jeunes femmes qu'il avait aperçues devant son appartement le surveillaient intensément.

– J'ai beaucoup entendu parler d'elles, reprit Roméo calmement. On les appelle les terribles jumelles Violette. Personne ne sait comment elles procèdent. Mais tous les enfants dont elles s'occupent rayent le mot *bêtise* de leur vocabulaire... Ce sont les pires baby-sitters du royaume...

Mathieu se fondit dans la foule au moment où le fastueux Méphistos Pompous rejoignait son fils. Lorsqu'il sortit de l'autre côté de la salle, les deux jeunes femmes l'attendaient effectivement. Voilà tout ce qu'avait imaginé son père! Deux baby-sitters? Mathieu soupira. Il en avait connu, en dix ans, des nounous-soldats, des professeurs-nounous, des soldats-nounous et ainsi de suite! Aucun n'était resté plus d'une semaine au manoir, et la plupart n'avaient même pas reçu d'indemnités de la part de son père. Il avança tout droit dans la direction de ses ennemies, qui parurent quelque peu surprises par son audace.

– Que voulez-vous, mesdames? demanda-t-il avec dignité.

– Nous sommes les célèbres jumelles Mélusine et

Le premier défi de Mathieu Hidalf

Méchantine Violette, aînées d'une famille de douze enfants, répondit Méchantine, la première des deux femmes.

– Nous avons dix frères et nous connaissons toutes les bêtises possibles sur le bout du doigt, ajouta la seconde comme si elle récitait une carte de visite.

– Je suis enchanté, répondit Mathieu poliment. Je suis pour ma part le célèbre Mathieu Hidalf, frère de trois sœurs, et je connais tous les stratagèmes des grandes sœurs caractérielles et des parents à court d'arguments.

– Les grands esprits se rencontrent, ironisa Mélusine.

– Vous êtes donc des espionnes ? s'intéressa Mathieu.

– Nous sommes des espionnes avec autorisation de fesser, répliqua Méchantine. Et notre réputation n'est plus à faire.

Mathieu releva son sourcil droit, comme il aimait le faire lorsqu'il voulait traduire l'étonnement. La plus souriante des jumelles, Mélusine, sortit de son chignon un papier froissé. Elle le tendit gracieusement à Mathieu, qui reconnut l'écriture illisible de son père :

Je soussigné, Rigor Hidalf, cède pour la soirée du roi mon droit de fesser aux sœurs Mélusine et

La rencontre des tristement célèbres...

Méchantine Violette, expertes certifiées en garde d'animaux sauvages, avec droit spécial de fessée déculottée publique, en cas de bêtise, même moindre, du sournois Mathieu Hidalf.

– Voici ma meilleure offre, commença Mathieu d'un air de défi. Démissionnez ce soir, avant qu'il ne soit trop tard. Car après mon séjour au château, j'aurai accompli une telle bêtise que votre *réputation* sera perdue à tout jamais.

Sur ces mots, il fit la révérence et s'enfonça dans la foule. Bien sûr, il aurait dû se douter que son père organiserait quelque chose de ce genre-là. Mais il comptait bien lui montrer qu'il était plus intelligent qu'un animal sauvage. Rien, pas même une prison, ne l'empêcherait de réaliser son chef-d'œuvre... Sa bêtise aurait lieu. Et M. Hidalf en serait malgré lui un des principaux acteurs.

Un valet fit tinter une petite cloche située sous le lustre. Le troupeau des convives prit la direction de la salle Cérémonie par ordre d'influence. La famille Hidalf était donc dixième, ce qui fit rougir de honte M. Hidalf. Mathieu gardait à présent un œil sur Mélusine et Méchantine qui le suivaient comme son ombre. Il était assez fier d'avoir deux baby-sitters à la réputation si sulfureuse dévouées à sa surveillance.

Le premier défi de Mathieu Hidalf

M. et Mme Hidalf étaient assis à dix places du trône royal. Le sous-consul jugeait que dix places, c'était incommensurablement trop pour un homme de sa qualité. Mais si le consul de Darnar avait la bonne idée de trépasser pendant l'hiver, M. Hidalf grimperait à la deuxième place, juste derrière le consul de Soleil. Et cent douze nobles astriens élaboraient les mêmes calculs que lui à l'immense table rectangulaire.

Mathieu était assis pour sa part à la table des enfants. Il avait le torse bombé, car Mélusine et Méchantine l'encadraient comme un tableau de maître ; tous les convives le considéraient avec de petits éclairs dans les yeux. Oui, c'était bien lui, Mathieu Hidalf, le génie de la bêtise, le premier enfant à avoir fait la couverture de *L'Astre du jour* ! C'était bien lui, entouré des deux gardiennes les plus illustres du royaume ! Une seule question se lisait sur tous les visages : allait-il encore frapper ? Quand ? Et comment ?

À droite de la table des nobles resplendissait la table ronde et argentée de l'Élite astrienne, autour de laquelle tous étaient égaux. Mathieu la scrutait avec dévotion, bien qu'elle fût vide comme un plat à tarte au terme d'un goûter au manoir. La noblesse entière avait remarqué les trente fauteuils vacants. Mathieu estima que seule une affaire très grave pouvait empêcher l'Élite d'assister à l'anniversaire du roi. Il devait se tramer quelque chose. Au loin, plusieurs tables rondes se succédaient, remplies d'enfants et de jeunes hommes. On distinguait trois grands types d'élèves à l'école de l'Élite. Les plus jeunes étaient les Prétendants. Au bout de quelques années, les plus brillants d'entre eux devenaient des Apprentis. Enfin, seuls quelques rares élus parmi les Apprentis devenaient un jour pré-Élitiens. Alors, le plus dur était accompli. On affirmait que les pré-Élitiens étaient aussi compétents que les Élitiens eux-mêmes. Ils devaient simplement attendre qu'une place se libère parmi les Trente.

Mathieu repéra Pierre, blond, vigilant et isolé à sa table.

– *Mathieu Hidalf?* chuchota alors une voix toute proche.

Mathieu se retourna avec méfiance et découvrit un garçon dont il n'avait jamais vu le visage, lui qui disposait pourtant de dossiers sur chaque enfant de la noblesse soléline et darnoise. L'inconnu était assis en face de lui ; son teint était pâle, il était grand, maigre, légèrement efféminé et plutôt beau garçon. De longs cheveux blonds et bouclés couvraient son front; ses yeux bleus brillaient à peine entre ses mèches dorées. Mathieu n'avait jamais vu une figure passer si aisément de la désinvolture la plus sincère à la naïveté la plus désarmante.

– C'est bien moi, répondit Mathieu.

– Je dois t'avertir d'un danger, murmura le garçon si bas que Mathieu dut lire sur ses lèvres le mot *danger*.

Mathieu se raidit comme une statue. Mélusine et Méchantine s'étaient redressées comme deux vautours.

– Je m'appelle Octave Jurençon! s'exclama l'étrange enfant. Mais tout le monde m'appelle Jurençon, parce que personne n'oserait s'appeler Octave de nos jours... Je vais habiter au château et je passerai l'épreuve du Prétendant l'année prochaine.

Il regarda autour de lui et chuchota timidement :

– Je suis le neveu du roi...

Mathieu écarquilla les yeux et Jurençon reprit comme si de rien n'était :

– Mes parents habitent une province lointaine... Ils viennent de divorcer et m'ont envoyé chez mon oncle comme un colis... J'ai déjà douze ans révolus, et j'en aurai treize lorsque je passerai l'épreuve du Prétendant, le temps de me préparer... Bref, il paraît que ce n'est pas du gâteau... Mais je ne m'inquiète pas! Regarde, voici une estimation des chances d'un tricheur talentueux!

Il tendit un billet plié en quatre, un billet semblable à ceux que Juliette d'Or confiait autrefois à son frère à destination des garçons dignes de son affection. Mathieu l'ouvrit en le collant à son nez, pour le dissimuler à la vigilance des jumelles Violette. Il était écrit à la va-vite :

J'ai menti. Tout le monde sait qu'il est impossible de tricher à l'épreuve du Prétendant. J'ai surpris une discussion du roi, mon oncle. Ta bêtise est en danger. Cet idiot de Poucet Bergamote, premier mage de la cour, a créé un bêtisomètre. Une peau d'âne te recouvrira si tu as prévu une bêtise. Plus ta bêtise sera grosse, plus tu resteras longtemps sous ta forme d'âne. Pour le coup des nymphettes, par exemple, les spécialistes ont estimé la transformation à deux ou trois semaines...

Mathieu releva la tête, alarmé. Il n'y avait pas un mot de plus.

– Deux à trois semaines pour les nymphettes! s'écria-t-il. Alors je risque d'être transformé en âne pendant deux à trois ans! Je dois m'enfuir!

Il analysa la situation, le teint livide, préparant sa retraite.

– Regarde, j'ai aussi la liste de tous les enfants de onze ans qui sont parvenus à obtenir une dérogation pour l'épreuve…, ajouta Jurençon en plissant ses yeux bleus.

Et il tendit un second papier à Mathieu, qui le lut avec précipitation :

Pas de panique. Tout a été réglé avec l'archiduc de Darnar. Dans une minute, un valet va passer à notre table pour proposer un horrible jus de légumes. Il s'agit d'un antidote anti-métamorphose, conçu par Bergamote lui-même et acheté par l'archiduc à son insu. Tu en consommeras en fonction de la gravité de ta bêtise. Et tout se passera bien…

À peine Mathieu avait-il achevé sa lecture que des protestations dégoûtées s'élevèrent à la table des enfants. Un valet proposait une liqueur verdâtre qui sentait l'ail, l'oignon et la courgette crue. Les trois Juliette laissèrent pendre leur mâchoire lorsqu'elles entendirent leur frère balbutier :

– Mon jus préféré ! Laissez-moi la carafe !

Le valet accueillit la nouvelle avec indifférence et déposa le récipient sur la table. Des trompettes chantèrent alors à la cantonade.

– Voici mon oncle…, chuchota Jurençon.

Après avoir remercié ce nouvel allié d'un coup

d'œil furtif, Mathieu se retourna pour assister à l'entrée du Grand Busier.

*

Le Grand Busier faisait la même taille que Juliette d'Or (sa taille en hauteur, car son ventre royal n'était certes pas celui d'une admirable jeune fille de seize ans). Il ressemblait à un vieux lion usé par trop de cérémonies, de moustiques et de courtisans. Il souriait souvent, mais rares étaient ceux qui l'avaient déjà entendu rire. Il se soumettait de mauvaise grâce au protocole, qu'il détestait. On prétendait qu'il aurait voulu être un Élitien, et qu'il considérait Louis Serra comme son propre fils.

Car, hélas! veuf depuis ses vingt ans, le Grand Busier n'avait jamais eu d'enfant : la Couronne ne connaissait pas encore son héritier. Bien que le roi fût toujours aimable, personne dans le royaume ne pouvait se vanter d'avoir de l'influence sur lui, hormis le vénérable Stadir Origan, le vieil Armémon du Lac, consul de Darnar, Louis Serra en personne et M. Hidalf. Bien entendu, M. Hidalf mentait. Il était parvenu un jour à faire changer d'avis le roi à propos de la couleur de son écharpe et, depuis, il prétendait être son premier confident. Quoi qu'il en soit, ni le plus grand sorcier du royaume, ni son plus vieux consul, ni le capitaine de l'Élite, ni M. Hidalf en personne n'étaient jamais parvenus à le convaincre de se remarier. Mécontent, le roi les priait de se marier eux-mêmes. Alors, Stadir Origan et Armémon du Lac se retiraient dignement, Louis Serra s'égarait dans ses pensées avant de prendre congé à son tour, et M. Hidalf murmurait d'une voix indistincte qu'il ne pouvait tout de même pas se marier deux fois.

Au terme d'un discours sans intérêt que le roi écourta de moitié au grand dam de son conseiller en communication, un grand silence se fit. Le Grand Busier réclama activement l'attention de la cour.

– Si certains vieillissent d'un an ce soir, d'autres grandissent cependant! s'exclama-t-il avec un regain d'énergie. Voilà dix ans, pour la première fois, mon anniversaire a été interrompu par les vagissements de celui qui allait devenir une légende... Je souhaite un joyeux anniversaire à Mathieu Hidalf.

Le roi avait parlé d'une voix ferme et déterminée. Un sourire nouveau illumina son visage. Un sourire adressé à Mathieu, qui considéra la carafe de jus de légumes posée devant lui en estimant qu'il lui faudrait dix secondes pour la vider entièrement. Le Grand Busier, dont les traits étaient creusés par la fatigue et qui paraissait souvent le double de son âge, rajeunit en sortant un étrange objet de sa cape royale. Il s'agissait d'une boule de cristal des plus ordinaires, étincelante malgré la vive luminosité des nymphettes qui balayaient le plafond de la salle Cérémonie. L'étrange objet capta l'attention de chacun, et surtout de M. Hidalf qui tremblait de la tête aux pieds. Tandis qu'un valet emportait la boule vers Mathieu, le roi expliqua à la cour attentive :

– De tous les membres de la noblesse, Mathieu Hidalf est sans aucun doute celui qui prépare mon anniversaire avec le plus de minutie. Il a toujours réussi, jusqu'à maintenant, à déjouer notre vigilance. Pour le remercier de ses efforts, voici le cadeau que je lui offre pour ses dix ans. Cette boule de cristal a été soigneusement élaborée par le premier mage de la cour, Poucet Bergamote, avec l'assistance du Dr Soupont. C'est un *bêtisomètre*.

Un vieillard assis à la table des nobles, vêtu d'un costume violet du plus mauvais goût, se leva et salua l'audience. Mathieu en entendait souvent parler chez lui. Son père considérait le mage Bergamote comme un illustre parvenu, un imbécile et un incompétent notoire.

– Le mage Bergamote, reprit le roi qui ne s'était pas autant amusé depuis deux ans, a conjugué les arts divinatoires et les arts de métamorphoses pour réaliser cet ustensile révolutionnaire. Si bien que celui qui le tient entre les mains, s'il s'apprête à commettre une *bêtise*, doit se métamorphoser en âne instantanément. Nous avons fait les tests nécessaires... Ce produit sera commercialisé prochainement ! Et j'offre celui-ci à Rigor, mon cher ami le sous-consul de Darnar.

La tablée des nobles rit à gorge déployée, M. Hidalf excepté, encore plus sombre que lorsqu'il se plaisait, la nuit, à imaginer son propre enterrement. Il avait cru percevoir de l'ironie dans les propos du roi, et il ne pouvait accepter qu'un Hidalf, Mathieu y compris, fût transformé en âne devant la cour.

– Nous allons donc savoir, annonça le roi d'un ton théâtral, si le génie de la bêtise va encore frapper... Ce qui, si l'on en croit certains journaux, ne devrait pas manquer d'être le cas...

Mathieu se retourna vivement vers la carafe ensorcelée mais, au moment où il allait s'en emparer, une main étincelante de bijoux la saisit à sa place. Mathieu leva les yeux avec étonnement et reconnut, stupéfait, Méphistos Pompous, le sous-consul de Soleil. Ce dernier affecta un sourire compatissant, et expliqua d'une voix doucereuse :

– J'adore les jus infects, monsieur Hidalf. Pas vous ?

Et avant que Mathieu ait eu le loisir d'avoir une idée de génie, le sous-consul laissa échapper la carafe salvatrice. Elle se brisa en mille éclats contre le sol, répandant son contenu miraculeux. À la table des nobles, Mathieu entendit l'archiduc s'étrangler, tandis que Jurençon poussait une exclamation d'horreur. La foule elle-même comprit qu'un coup majeur venait d'être joué à son insu.

– Je suis perdu à tout jamais ! s'écria Mathieu.

Ses trois sœurs scrutaient avec effroi la boule de cristal qui se rapprochait de seconde en seconde. Le temps sembla se figer, le prétendu génie de Mathieu ne lui inspira que des stupidités, et le valet qui portait la boule arriva.

*

Le visage de Juliette d'Argent étincelait de larmes, tandis que Juliette d'Airain se cachait derrière sa sœur pour ne pas voir ça. « Nous saurons demain qui, du roi ou de moi, ressemble le plus à un âne... », pensa Mathieu, déterminé, en fermant les yeux. Les sourcils froncés, les lèvres pincées, le regard noir malgré ses paupières closes, il tendit une main tremblante, à la fois de peur et de curiosité, car, dans un autre contexte, Mathieu aurait payé cher pour passer une soirée dans la peau d'un âne. La boule chauffa au creux de sa paume. Il grimaça.

Il y eut dans la salle un silence de mort. Lorsque

Le premier défi de Mathieu Hidalf

Mathieu ouvrit les yeux, face à Jurençon et à ses sœurs effarés, il était parfaitement normal.

– Je ne suis pas un âne ! constata-t-il, fou de joie. Je ne suis pas un âne !

Puis, voyant que les têtes chenues étaient tournées vers lui, il ajouta dans un cri indigné :

– Comme si j'avais assez de temps pour m'occuper d'une bêtise !

– Je savais qu'il avait changé ! renchérit M. Hidalf.

Un tonnerre de commentaires explosa. Les parieurs illégaux se réjouissaient ou avalaient leur perruque, tandis que la cote de la bêtise augmentait à une vitesse vertigineuse. Le Grand Busier paraissait plus ennuyé que lors du dernier enterrement auquel il avait assisté. Il se tassa sur son trône, échangea deux mots virulents avec le mage Bergamote qui haussa les épaules, puis jeta un regard indéchiffrable à Mathieu Hidalf.

– Comment as-tu fait ? chuchota Juliette d'Or, émerveillée, à l'oreille de son frère.

– Je ne sais pas encore ! reconnut Mathieu.

Le dîner fut un de ceux dont on ne garde aucun souvenir précis, et personne n'aurait pu dire, à la fin du dessert, ce qu'il avait mangé ou pas, à part Mathieu et le roi, qui n'avaient rien mangé du tout.

Vers onze heures et demie, le moment que la

noblesse attendait impatiemment et que le Grand Busier détestait plus que tout au monde arriva : la fastidieuse et officielle remise des cadeaux. C'était généralement le moment choisi par Mathieu pour accomplir une catastrophe, car il ne supportait pas qu'on ouvre des paquets en sa présence, surtout le jour de *son* propre anniversaire. Mais il n'y aurait aucune bêtise ce soir-là. Comme l'exigeait la tradition, le Grand Busier recevrait cent douze cadeaux, en commençant par les plus humbles. Cent deux fois, le cœur de M. Hidalf bondirait dans sa poitrine avant l'instant fatidique où le roi découvrirait la montre de mort signée de la main de Charles Fou X, sourirait d'un air absent, remercierait, et ouvrirait le cadeau suivant avec le même appétit. M. Hidalf serait apaisé quelques semaines, avant de consacrer exclusivement les onze prochains mois de l'année à se procurer un présent digne d'un numéro deux de la noblesse.

Mathieu profita de la confusion prodigieuse qui régnait dans la salle Cérémonie pour fausser compagnie aux sœurs Violette. Filant entre les paires de jambes, il s'engouffra sous une table et traversa plusieurs nappes à quatre pattes avant de taper sur le genou de Pierre, comme à une porte close.

Tandis que le roi commençait à ouvrir la série interminable de cadeaux, Pierre présentait à

Mathieu, qui soulevait discrètement la nappe, les personnalités de l'école de l'Élite. Il lui montra d'abord une jeune femme aux cheveux noirs comme la nuit, aux yeux verts, aux lèvres incarnates. Ses traits majestueux trahissaient un sang-froid exceptionnel, sa beauté était rare et subtile.

– Est-ce bien elle ? s'émerveilla Mathieu. Ma future plus grande ennemie, le génie des règlements, le génie de l'ordre, le génie que cite mon père le soir lorsqu'il veut m'effrayer ?

– Oui... L'effroyable comtesse Armance Dacourt en personne, dit Pierre le plus bas possible. D'étranges rumeurs courent sur son compte... On prétend qu'elle aurait été l'amoureuse de Louis Serra.

– J'ai un dossier en prévision sur sa vie privée, expliqua Mathieu. Dans un an et demi, je publie un scandale, et elle est forcée à la démission !

– Tu connais déjà le directeur Hudson..., reprit Pierre en désignant un quinquagénaire bedonnant aux allures d'ours. Et voici le plus important...

Il pointa du doigt un jeune homme ténébreux, au visage anguleux et sombre, à l'œil noir et préoccupé. Ses cheveux bruns et bouclés tombaient gravement sur son front. On aurait dit un prince lugubre.

– Qui est celui-là ? chuchota Mathieu en fronçant les sourcils. Je ne l'ai jamais vu...

– Il s'appelle Tristan Boidoré... Apprenti élitien brillant de la petite noblesse soléline... Il a été nommé capitaine des Prétendants cette année !

Mathieu dévisagea plus attentivement le jeune homme, qui s'apprêtait à quitter la salle. Pierre glissa à son tour sous la table. Les deux enfants se trouvaient là comme sous une tente immense, dont l'armature aurait été constituée de dizaines de paires de jambes.

– Nous serons plus à l'aise pour discuter, admit Mathieu. Maintenant que nous sommes à l'abri des oreilles, dis-moi tout ! Est-ce que ce que raconte notre album est vrai ou bien avons-nous été trompés depuis notre plus tendre enfance ?

Le visage de Pierre s'assombrit.

– De toute évidence, ses créateurs ne se sont jamais rendus à l'intérieur de l'école et se sont contentés de rapporter des bribes de récits plus ou moins exactes...

– Alors nous avons été trahis ! L'école est comme *toutes* les écoles ? Il faut... *travailler* ?

– Non..., rétorqua Pierre. C'est tout le contraire. L'école est stupéfiante. Il n'y a quasiment aucune interdiction. La seule loi formelle a été dictée par la comtesse : *il est interdit de mourir.*

Pierre marqua un arrêt, et demanda d'un ton soucieux :

– Est-ce que tu as commencé à préparer ton épreuve du Prétendant ? Il ne faut pas que tu la prennes à la légère...

– Je ne la prends pas du tout *à la légère*..., protesta Mathieu. Je la prépare depuis un long moment.

Pierre parut agréablement surpris. Alors Mathieu s'exclama :

– Je vais tricher !

Pierre perdit son sourire, tandis que celui de Mathieu illuminait son visage.

– Mathieu... je sais que tu n'aimes pas les remontrances... mais pour une fois, écoute-moi bien. Le *service des fraudes* est redoutable... Bien plus redoutable que ton père ! Peut-être qu'il a même déjà commencé à enquêter sur toi ! Et si tu es découvert, tu seras interdit d'épreuve *toute ta vie*... et tu ne pourras plus me rejoindre ! Personne n'est jamais parvenu à tricher à l'épreuve du Prétendant !

– Même si le service des fraudes commence à étudier mon cas aujourd'hui, il aura deux ans de retard, répliqua fièrement Mathieu. Je cherche une tricherie indécelable depuis mes huit ans.

– Et tu l'as trouvée ?

Ce fut au tour de Mathieu de perdre gravement son sourire.

– J'ai présenté sept enfants pour tester différentes idées..., expliqua-t-il. Des enfants de la noblesse se moquant de l'école, et qui étaient ravis de sacrifier leur épreuve en échange d'une belle somme d'argent... Tous ont été éliminés et sont interdits d'épreuve à vie...

Pierre Chapelier fut abasourdi.

– Mais... comment as-tu procédé pour faire concourir autant de candidats ? Tu as dû te ruiner ?

Un silence éloquent qui signifiait que quelqu'un d'autre s'était ruiné à sa place fut toute la réponse de Mathieu, qui conclut amèrement :

– Je suis furieux. Si seulement j'avais onze ans ! Ou si seulement, en consolation, j'étais assez intelligent pour tout savoir sans rien apprendre, comme Juliette d'Airain ! Mais moi, je ne peux jamais apprendre ce que je ne sais pas ! Juliette d'Or est la plus belle, Juliette d'Airain la plus intelligente, Juliette d'Argent a déjà onze ans, et moi, je ne suis pas le plus beau, pas le plus intelligent, et j'ai l'âge le plus inutile du monde ! Cet anniversaire est un des pires jours de ma sinistre existence... Même mes cadeaux ressemblent à des châtiments !

Un éclair de fierté zébra l'œil noir de Pierre.

– Tu n'as pas encore reçu le mien..., dit-il d'une voix qui résonna mystérieusement sous la table.

Mathieu fronça les sourcils. La bourse de Pierre était aussi vide que la table des Élitiens.

– Je me suis renseigné…, poursuivit son compagnon. C'est risqué. D'ordinaire, je n'aime pas beaucoup violer les règlements… Mais le jour de ton anniversaire…

Pierre paraissait résoudre un violent conflit en lui-même. Enfin, il lâcha pour s'encourager :

– Mathieu, je vais te faire entrer cette nuit dans l'école. Tu dois simplement te débarrasser des effroyables jumelles Violette. Penses-tu y parvenir seul ?

Fou de joie et stupéfait, Mathieu ne réussit pas à formuler de réponse.

– Donnons-nous rendez-vous à une heure du matin, devant la Grille épineuse, acheva Pierre. D'ici là, ne nous lançons plus un regard. Il faut se méfier de tout le monde…

– Une heure du matin, devant la grille de l'école, répéta une voix que Mathieu ne reconnut pas.

Mélusine, accroupie sous la table, adressa un coup d'œil victorieux à sa sœur jumelle.

– Dehors, Mathieu Hidalf !

Mathieu obéit sans résistance et sortit à la lumière des nymphettes. Les adultes étaient accaparés par la remise des cadeaux.

– Où dois-je me rendre ? demanda Mathieu.

– À la table des enfants, dans votre fauteuil, entre ma sœur et moi-même, répondit Mélusine.

La rencontre des tristement célèbres...

En regagnant sa place, Mathieu sourit à Juliette d'Or qui s'ingéniait à comprendre pourquoi elle n'était pas assise à la table des grandes personnes, elle qui avait déjà seize ans.

– Tu es encore plus belle que d'habitude, ce soir, dit-il doucement.

– Merci, mon Mathieu, répondit-elle d'un ton distrait.

– Tu as raison de laisser pousser tes cheveux... Les traits de Juliette s'assombrirent.

– Pourquoi? demanda-t-elle d'une voix sèche. Tu trouves que cette longueur me va à ravir, n'est-ce pas?

– Non... Mais c'est sûr qu'elle cache mieux tes oreilles..., conclut son frère en haussant les épaules.

Sa sœur rougit comme une Hidalf, se redressa vivement et, faute de pouvoir lui assener un soufflet digne de celui de Marie-Marie, elle lui lança à la figure le premier verre à portée de main, avant de s'enfuir pour pleurer à l'abri des médisances.

– Je vais devoir me changer, constata Mathieu en adressant un regard penaud aux jumelles Violette. Le jus de noiravie donne du fil à retordre aux meilleures blanchisseuses!

Mme Hidalf ignora d'abord les réclamations de son fils, trop occupée à observer les cadeaux insignifiants de la petite noblesse.

Le premier défi de Mathieu Hidalf

– Nous sommes arrivés au trentième présent,
Mathieu…, chuchota-t-elle avec excitation. Plus que
soixante-douze, et c'est à notre tour !
– Mais, maman, j'ai parlé à Juliette de ses oreilles !
répliqua Mathieu.
À ces mots, Mme Hidalf se retourna avec appré-
hension. Elle posa une main sur sa bouche, scanda-
lisée, en découvrant les habits de son fils.
– File te changer, que personne ne te surprenne
dans cet état ! ordonna-t-elle.
Elle confia la clef de l'appartement à Mélusine et
Méchantine, et ajouta d'un ton sévère :
– Où est ta sœur ?
Mathieu désigna une porte au hasard. Juliette
avait pris la poudre d'escampette. Tandis que
Mme Hidalf partait à sa recherche, il traversa la
salle Cérémonie d'un pas guilleret, déterminé à y
revenir sans ses deux baby-sitters.

*

– Que sont devenus vos dix frères ? demanda
Mathieu à ses tortionnaires en pénétrant dans la
tour des Nobles.
– Ils sont devenus sages comme des images, répondit Méchantine. Certains d'entre eux occupent
d'ailleurs des places que vous leur envieriez…
– C'est drôle, reprit Mathieu, parce que moi, j'ai

112

l'habitude des grandes sœurs et vous des petits frères. Mais vous avez l'avantage d'être deux. Il me faudrait quelqu'un d'autre pour que le combat soit équitable.

– Ne me dites pas que vous voulez nous fausser compagnie ? se moqua Méchantine. Ce serait peine perdue. Votre bêtise n'aura pas lieu, Mathieu Hidalf.

Mathieu hocha la tête d'un air approbateur. Il était arrivé à la porte de l'appartement des Hidalf. Mélusine l'ouvrit d'un tour de clef et entra la première dans le salon, qu'une nymphette éclaira en deux battements d'ailes.

– Vous gardez vraiment des animaux sauvages ? se renseigna Mathieu.

– Non, je crois que votre père a simplement tenu à vous signifier son affection.

Mathieu traversa la bibliothèque d'un pas militaire, puis alla jusqu'à la porte de sa chambre au fond du grand couloir. Il fit tourner la poignée, mais Mélusine l'arrêta d'un geste brusque.

– Donnez-moi la main, Mathieu Hidalf. Je passe devant vous, et Méchantine ferme la marche.

– Vraiment, on ne croirait pas que c'est mon anniversaire, aujourd'hui ! répliqua Mathieu, mécontent.

Mais dans la pénombre, il arborait un sourire triomphant auquel les jumelles ne prirent pas garde. Mélusine ouvrit la porte, tout le monde entra, et la jeune femme referma aussitôt derrière elle. Cependant, la chambre était plongée dans une obscurité totale.

– Que fabrique la nymphette chargée de cette pièce ? demanda prudemment Méchantine.

– Oh, fit Mathieu d'un ton indifférent, je suppose qu'elle s'est fait dévorer.

– Qu'elle s'est fait... *quoi* ?

– Dévorer, répéta Mathieu. C'est ce qui leur arrive, la plupart du temps.

Six yeux verts jaillirent de nulle part, juste sous le nez des sœurs Violette qui poussèrent un hurlement strident en lâchant la main de Mathieu.

– Eh bien, mon cher ? fit Mathieu perplexe. Une de tes têtes s'est endormie ?

Aussitôt quatre nouveaux yeux s'allumèrent dans l'ombre comme des bougies, provoquant un ultime élan de panique chez Mélusine et Méchantine. Mathieu hurla lui aussi, mais de joie :

– Ta dernière tête a enfin poussé ? Le vendeur n'avait pas menti !

Un miaulement répondit et Mathieu comprit avec déception que les deux prunelles dorées appartenaient au chat de Méphistos Pompous, allongé sur un des museaux de son chien.

Bougetou commença à grogner par politesse et Mathieu annonça gravement :

– Mesdames, je vous conjure de ne pas vous faire dévorer ! À cause de l'article 2, je suis responsable des dégâts humains. À chaque fois que Bougetou dévore quelqu'un, je suis puni. C'est une semaine de punition pour un animal. Mais c'est six mois pour un humain ! Si vous vous faites manger toutes les deux, je suis sûr que mon père me comptera un an, même si vous êtes jumelles.

Mathieu quitta la chambre et la ferma à clef. Il écouta avec délectation le silence de mort qui régnait derrière lui, jusqu'à ce que Bougetou approche des deux baby-sitters en quête de caresses.

– Mathieu Hidalf ! s'époumona Méchantine. Nous pouvons trouver un arrangement !

Mathieu les libéra d'un air chevaleresque, brandissant une feuille de papier pour leur faire signer un contrat. Elles promirent de le laisser libre à une heure du matin. En échange, Mathieu consentit à préserver leur horrible réputation.

*

Mathieu redescendit l'escalier de la tour des Nobles à contresens, puis s'égara distraitement dans les galeries silencieuses, refusant de demander son chemin aux jumelles. Lorsqu'il eut fait quatre fois le tour de la même galerie, les deux sœurs impatientées passèrent devant lui en grommelant.

– Nos frères n'avaient pas de monstre, eux, confia Méchantine à sa sœur.

– Oui, mais ils étaient dix ! répondit Mathieu d'une voix forte en les doublant. Si j'avais neuf frères, j'aime autant vous dire que nous aurions pris le contrôle du manoir depuis longtemps !

Il avait à peine achevé sa phrase qu'il poussa un cri terrible, comme s'il venait d'apercevoir un spectre.

– Que se passe-t-il ? bredouilla Méchantine en s'arrêtant.

– Je viens de réaliser que si j'avais eu neuf frères en plus de mes sœurs, en tant qu'aîné des garçons, c'est *moi* qui me serais appelé *Mathieu d'Or* ! s'étrangla-t-il en accélérant le pas.

Lorsque Mathieu et les baby-sitters s'engagèrent enfin dans l'allée conduisant à la salle Cérémonie, un pressentiment étrange s'empara d'eux. L'allée était pourtant la même qu'une demi-heure plus tôt, avec ses glaces mystérieuses, ses statues sans ombre et ses plafonds obscurs. Cependant, à chacun de leurs pas, les trois visiteurs retenaient leur souffle, comme si d'étranges créatures les épiaient, tapies dans l'ombre épaisse.

La rencontre des tristement célèbres...

Les portes closes de la salle Cérémonie se rapprochant, Mathieu découvrit ce qui avait changé. Un silence oppressant et anormal régnait sur la galerie, jusqu'alors bruyante et lumineuse. On n'entendait plus un bruit, plus un murmure, plus un talon ; le château semblait s'être assoupi comme sous l'effet d'un sortilège.

– Comment un tel silence..., commença Mélusine.

– ... a-t-il pu tomber sur l'allée du Roi ? compléta Méchantine en emboîtant le pas à Mathieu.

Mathieu fronça les sourcils. Sa bêtise serait-elle arrivée avec un jour d'avance ? Les jumelles poussèrent timidement la porte gigantesque de la salle Cérémonie et s'arrêtèrent sur le seuil, stupéfaites. Mathieu regarda à travers leurs bras tendus et écarquilla les yeux. La plus grande salle du château était presque entièrement plongée dans l'ombre, seules deux ou trois nymphettes voletant encore à côté du grand lustre éteint. Mais le plus frappant, le plus saisissant, le plus terrible et le plus merveilleux, c'est que la salle était déserte.

C'était à croire qu'il n'y avait jamais eu de banquet. Les couverts avaient été débarrassés, les tables récurées, les sols lavés au balai-brosse.

– Il s'est passé quelque chose ! murmura Mélusine qui semblait plus humaine, à présent qu'elle avait peur. Les festivités ne devaient pas prendre fin avant deux heures, et le roi n'a même pas ouvert les cadeaux de la haute noblesse.

Le seul souvenir de cette soirée se résumait en effet au tas de cadeaux réunis sur l'estrade, que le Grand Busier n'avait pas déballés.

– C'est incroyable ! commenta Mathieu époustouflé. Je n'avais jamais vu la salle Cérémonie vide ! J'aimerais avoir une chambre comme celle-ci... Ça me fait penser à un conte de la grand-mère édentée. Une idiote s'était percé le doigt avec un fuseau, et tous les habitants avaient disparu pendant cent ans. Je parie que Juliette d'Or est tombée dans le panneau ! Si c'est arrivé ce soir, je vais avoir le manoir entier pour moi tout seul !

– Remontons tout de suite, ordonna Mélusine en prenant la main de Mathieu.

– Et notre accord ? rétorqua-t-il en consultant sa montre.

Mélusine se courba brusquement devant lui.

– Mathieu Hidalf, dit-elle d'une voix vibrante, ne comprends-tu pas qu'il a dû arriver quelque chose de *grave* ?

– De grave ? répéta Mathieu, interloqué.

– On n'interrompt pas une fête royale pour rien ! Je vais te ramener immédiatement à tes parents. Nous avons dû les manquer en nous égarant tout

à l'heure, et je prédis qu'ils sont morts d'inquiétude.

– Mon père ne mourrait pas pour si peu, les ras-
sura Mathieu. Laissez-moi juste une seconde en
dédommagement.

Et il courut jusqu'à la montagne de cadeaux. Iden-
tifiant sans peine le paquet rouge de M. Hidalf, il le
fourra dans sa poche sans autre forme de procès.

Mathieu et ses gardiennes refirent le même chemin en sens inverse; ils ne croisèrent pas l'ombre
d'un chat. L'escalier de la tour des Nobles était aussi
vide qu'auparavant, et une seule nymphette effec-
tuait de grands allers-retours pour éclairer les
marches. Mathieu sentait la main de Mélusine trembler légèrement dans la sienne. Et si ses parents
n'étaient pas rentrés? Et si tout le monde avait véri-
tablement disparu? Une frayeur intense s'insinua en
lui. Il fallait absolument que la seconde soirée de
l'anniversaire du roi soit maintenue, sinon sa bêtise
ne pourrait pas avoir lieu!

Ils atteignirent enfin le dixième étage de la tour.
La nymphette se stabilisa au-dessus d'eux pour
éclairer la porte, sur laquelle étincelait l'illustre nom
des Hidalf. Mathieu saisit son courage à deux
mains, mais ce fut Mélusine, un peu essoufflée, qui
frappa trois coups.

CHAPITRE 5

Le serment de la fratrie Hidalf

La porte s'ouvrit brusquement sur Mme Hidalf, décoiffée, le teint blafard, qui s'empara de son fils comme d'un agneau égaré au cœur d'une forêt.

– Oh, mon Mathieu! Mon petit Mathieu! J'ai eu si peur! J'ai eu si peur pour toi!

Mathieu, un peu désarçonné, jeta un coup d'œil à la pièce par-dessus l'épaule de sa mère. M. Hidalf, Armémon du Lac et l'archiduc de Darnar étaient réunis au salon. Ils marchaient tous les trois en rond, absorbés par d'intenses réflexions. L'archiduc adressa un sourire à Mathieu, un de ces sourires à peine visibles qui s'effacent aussitôt derrière une gravité extrême. M. Hidalf observait ses bottes en marchant vivement, puis, d'un seul coup, il s'écria :

– Par mon manoir, un parchemin rouge est *inviolable* et *irrévocable*... C'est insensé! Ils ne peuvent pas revenir sur leur parole...

– Il faut que les experts envisagent toutes les possibilités, mon bon Rigor, objecta l'archiduc à voix basse.

M. Hidalf se remit à tourbillonner, tandis que Mme Hidalf donnait un grand baiser à son fils.

– Peut-on marcher en rond tranquillement, oui ou non ? s'emporta soudain M. Hidalf. Mathieu, au lit !

Mme Hidalf enjoignit vivement Mélusine et Méchantine à s'inviter au manoir à l'occasion, puis elle traversa la bibliothèque d'un pas pressé, en serrant la main de Mathieu.

– Que se passe-t-il, maman ?

Mme Hidalf ouvrit la porte de sa chambre, caressa Bougetou accouru et dit d'une voix mal assurée :

– Il ne se passe rien, Mathieu. Rien d'important. Des problèmes de grandes personnes. Je suis heureuse de constater que ton chien va mieux.

Mathieu haussa les sourcils. Il entendait presque battre le cœur de sa mère ! Que signifiait cette histoire de parchemin inviolable ?

– Le roi est mort, c'est ça ? lâcha-t-il avec inquiétude.

– Non, qu'est-ce que tu racontes ? Le roi va très bien.

– Ah bon ? fit Mathieu rassuré pour sa bêtise. Mais s'il n'est pas mort, alors, qui est-ce qui est mort ?

– Personne n'est mort. Le cadeau de ton père n'a pas semblé plaire au Grand Busier, voilà tout.

Mathieu dévisagea sa mère, en tâtant le paquet rouge dissimulé sous sa chemise.

– Je peux dormir avec mes sœurs ? suggéra-t-il prudemment.

– Tiens, c'est nouveau, ça ! fit Mme Hidalf en s'efforçant de rire. Non, un grand garçon de dix ans ne dort pas avec ses sœurs !

– Mais un petit garçon de dix ans ?

– Ne bouge pas d'ici, mon chéri. Bonne nuit.

Et Mme Hidalf s'empressa de rejoindre le salon. Au moment précis où la poignée tournait, Mathieu était déjà sorti de son lit. Lorsqu'il fut certain que le couloir était désert, il approcha à pas de loup de la chambre de Juliette d'Or, et l'ouvrit sans cérémonie.

Un bruit résonna dans la pénombre, une nymphette illumina la pièce, et Mathieu surprit sa grande sœur, pétrifiée, occupée à nouer des draps.

– Mais que fais-tu ?

– Ma... Ma... Mathieu ! Ne me refais plus jamais ça ! Tu sais que tu dois gratter à la porte pour m'avertir de ta présence ! balbutia Juliette en reprenant son souffle.

– Mais que fais-tu ?

– Je... En fait... J'ai... un rendez-vous. Et je suis

déterminée à m'y rendre coûte que coûte et quoi qu'il se soit passé.

– Et que s'est-il passé ?

– Tu t'en doutes bien ! Je n'en sais rien !

Le ton de Juliette apprit à Mathieu qu'elle n'avait pas encore digéré son allusion à ses oreilles, au cours du dîner.

– Je suis désolé pour tout à l'heure…, prétendit-il. Tu es de loin la plus belle jeune fille du royaume.

Juliette parut s'apaiser.

– Au contraire, je te remercie…, répondit-elle avec orgueil. J'avais besoin d'un bon prétexte pour quitter la salle… Bref, lorsque tu es remonté pour te changer, je me suis absentée un instant… J'errais… *par le plus grand des hasards*… autour de l'école de l'Élite…

Mathieu comprit au teint de Juliette que *le plus grand des hasards* n'était autre que son amoureux secret. Il préféra se taire pour le moment.

– Pour être plus précise, poursuivit Juliette, j'étais même à l'intérieur de l'école…

– Quoi ! s'étrangla Mathieu, fou de jalousie. Tu y es déjà entrée ?

– Oui, tout à l'heure. C'était la première fois ! s'exclama-t-elle avec une vive fierté. Voilà longtemps que je cherche un moyen d'y pénétrer… Ce soir, la comtesse Dacourt était retenue dans la salle Cérémonie, je ne risquais rien…

Elle changea d'expression en ajoutant :

– Mais ne me coupe plus la parole, je te prie.

Son ton était glacé lorsqu'elle s'écria :

– Soudain, dix Élitiens sont apparus sous mes yeux ! Oui, dix ! J'ai juste eu le temps de me cacher... Louis Serra était à leur tête... Et tu ne me croiras jamais ! Il était couvert de sang...

Mathieu fixait sa sœur avec un mélange d'envie et d'épouvante.

– Je me suis dit qu'il valait mieux que je retourne rapidement dans la salle Cérémonie..., reprit Juliette. Au moment où je m'y suis installée, les Élitiens que j'avais aperçus y sont entrés à leur tour, comme une tempête ! Louis Serra semblait avoir été mordu à l'avant-bras... Il tenait à la main une feuille de parchemin rouge, déchirée en deux. Il a prononcé quelques mots à l'oreille du Grand Busier, qui s'est levé brusquement, livide. Bien sûr, l'archiduc, placé à proximité du roi a entendu la révélation de Louis Serra. Tu sais comme il est bavard ! Les adultes ont été mis au courant en dix secondes. Et crois-moi, ils ont semblé terrifiés. Je n'avais jamais vu ça ! Les visages ont pâli comme si on avait soufflé sur eux de la farine. Maman a même pleuré ! Elle a essayé de le dissimuler, mais je me suis bien aperçue que ses yeux brillaient différemment. Ensuite, des soldats ont raccompagné les convives dans la tour des

Nobles. Et moi, moi qui ai seize ans et qui en aurai dix-sept dès l'année prochaine, moi qui suis indépendante, on a refusé catégoriquement de me dire ce qu'il se passe ! Mais l'école de l'Élite sera au courant, elle ! Elle est toujours au courant de tout. C'est pourquoi j'y retourne ce soir...

Juliette d'Or se tut en rougissant à nouveau.

– Tu as rendez-vous avec ton amoureux, c'est ça ? lança Mathieu, accusateur.

– Ça ne te regarde pas, trancha-t-elle. Tout ce que je veux, c'est trouver un moyen de quitter l'appartement ce soir.

– Je vais t'aider pour les draps, décida Mathieu.

Il commençait à les nouer avec les rideaux, lorsque la porte s'ouvrit une nouvelle fois. Mathieu et la grande Juliette cessèrent aussitôt leur activité, prêts à affronter le courroux sempiternel de M. Hidalf. Mais les deux petites Juliette entrèrent sur la pointe des pieds en chuchotant :

– Que s'est-il passé, à votre avis ?

– On ne sait pas, reconnut Mathieu. Mais c'est sûrement très grave... J'ignore si on s'en sortira, cette fois-ci !

– Papa a évoqué un combat sanglant, raconta Juliette d'Airain. Comme c'était moi, il n'a pas pris garde ! Mais... vous vous enfuyez ?

– Oh! que oui! admit Mathieu. *Moi aussi*, j'ai rendez-vous.

Juliette d'Or reposa fermement les draps et le questionna avec autorité :

– Pas avec une fille, tout de même?

– Eh non! pas avec une fille! Je n'ai que dix ans, pardi! Je vais à la Grille épineuse.

– Tu vas à l'école!

– Oui, Pierre m'y attend à une heure.

– Par la barbe bleue d'Origan! J'ai rendez-vous moi aussi à une heure! Il est hors de question que nous y allions ensemble!

– Par la barbe froissée de maître Magimel, pour-quoi? se moqua Mathieu. Ton amoureux est encore plus laid que celui d'avant? Je veux voir ça!

Juliette lui assena un coup d'oreiller sur la tête.

– Il est plus beau que Louis Serra, prétendit-elle.

– Plus beau que Louis Serra? Personne n'est plus beau que Louis Serra, c'est le capitaine! objecta Mathieu, furieux.

– Je ne veux pas que tu saches qui c'est, voilà tout, conclut Juliette d'Or.

– Vous ne pourrez jamais sortir avec des draps, les interrompit Juliette d'Airain de sa petite voix aiguë. Nous sommes au dixième étage et chaque appartement a une hauteur de plafond digne d'un géant!

– C'est vrai, ça ! gronda Mathieu. C'est une idée d'évasion insensée !

– Moi, j'ai trop peur pour sortir, avoua la petite Juliette. Mais je veux absolument savoir ce qu'il se trame. Je propose un marché. Juliette d'Argent et moi-même, nous vous aidons à quitter l'appartement, ni vu ni connu. Et en revenant, vous nous dites de quoi il s'agit. Marché conclu ?

Les enfants levèrent la main droite en chantonnant :

– Fratrie Hidalf, à la vie et à la mort, au nom du serment Papa en nage, marché conclu.

– Alors, en route ! s'exclama Mathieu. Il est déjà une heure moins vingt.

*

Les quatre enfants Hidalf avaient développé un talent incomparable pour la bêtise organisée au cours de leur prime jeunesse. Ils avaient même rédigé un traité de la bêtise, avec des dizaines de serments et une législation qui les liait tous les uns aux autres. Le serment le plus consacré était celui connu sous le nom de Papa en nage, qui désignait toutes les bêtises nécessitant une précaution particulière vis-à-vis de M. Hidalf.

Agenouillée derrière la double porte close de la

bibliothèque, Juliette d'Or scrutait le salon par le trou de la serrure. Les trois autres enfants Hidalf écoutaient attentivement, l'oreille collée contre le bois.

– Qu'est-ce que tu vois ? chuchota Mathieu.

– Chut ! fit Juliette.

– Si tu ne dis rien, c'est moi qui regarde ! Depuis ton départ, nous avons modifié le code fraternel, et c'est moi qui suis devant la serrure !

– Chut ! Maman est sur le canapé, blanche comme Bougetou. Elle prend un livre. Non. C'est un mouchoir. Elle le lit. Je veux dire, elle se mouche. Elle s'est mouchée ! Elle...

– Mathieu regarde mieux que toi ! remarqua Juliette d'Argent.

– On se fiche du mouchoir de maman ! renchérit Mathieu. Que fait papa, pardi ?

– Je ne vois plus ni papa, ni Armémon, ni l'archiduc. Ils ont dû sortir.

– Alors, ce sera un jeu d'enfant, se réjouit Mathieu. Suivons la procédure du Cauchemar. Juliette d'Airain feint un mauvais rêve, et nous nous faufilons.

– Tu sous-estimes maman, répliqua Juliette d'Or. Elle se méfie de plus en plus de toi. Elle vérifiera tout de suite dans ta chambre, j'y mets mes cheveux à couper.

– C'est toi qui nous sous-estimes, rétorqua Mathieu avec un sourire supérieur. Depuis ton départ du manoir, les procédures ont nettement évolué! Tu vas voir comme nous allons berner maman.

Mathieu retira son bonnet de nuit rouge, qu'il confia à Juliette d'Argent. Ils avaient eu l'idée de cet échange en lisant un célèbre conte un soir. Juliette d'Argent enfila le bonnet de son frère, comme s'il n'y avait rien de plus naturel au monde.

– Juliette d'Argent va dans mon lit, expliqua Mathieu à sa grande sœur, elle bouge un peu lorsque maman s'assure de ma présence. Et hop! moi, je suis dehors en moins de temps qu'il n'en faut pour le dire, même très rapidement. Maman ne contrôle jamais la chambre de Juliette d'Argent à cause de l'accord Sage comme du potage. Tu verras.

Un instant plus tard, la petite Juliette d'Airain était couchée dans son lit, Juliette d'Argent dans celui de Mathieu, et les deux autres enfants Hidalf, aux aguets, s'étaient cachés dans la chambre de leurs parents.

Comme convenu, Juliette d'Airain poussa un cri sonore. Mme Hidalf accourut. Mais la première chambre qu'elle visita fut celle de Mathieu, comme les enfants l'avaient prévu. Lorsqu'elle identifia le bonnet rouge de son fils, et qu'elle entendit quelqu'un remuer, elle referma la porte en se reprochant d'être une mère si soupçonneuse, et pénétra dans la chambre de Juliette d'Airain larmoyante.

Mathieu et Juliette d'Or échangèrent un sourire complice en bondissant dans la bibliothèque. Ils la traversèrent à toute allure, s'engouffrèrent dans le salon, approchèrent de la porte d'entrée, qui s'ouvrit brusquement, toute seule.

Hélas ! il n'y avait rien de magique dans cette mauvaise surprise. Le dos de M. Hidalf apparut dans l'entrebâillement. Heureusement, il saluait l'archiduc, qui s'efforça de le retenir, le temps que Mathieu et Juliette se jettent derrière un fauteuil.

M. Hidalf entra alors, lançant sa perruque sur le siège derrière lequel étaient accroupis ses deux enfants. Il s'y assit avec la légèreté d'un ogre au terme d'un festin sanglant, et murmura tout seul :

– C'est une catastrophe ! Ou plutôt... c'est un euphémisme.

Mathieu et Juliette échangèrent un regard interrogateur, ni l'un ni l'autre ne sachant précisément quel genre de catastrophe pouvait être un euphémisme. M. Hidalf reprit sa discussion solitaire :

– C'est la pire catastrophe que je pouvais imaginer !

– Alors ça va, chuchota Mathieu. Tout le monde sait qu'il n'a aucune imagination.

M. Hidalf se tut, comme s'il venait de constater quelque chose d'inhabituel. Mathieu et Juliette retinrent leur souffle. Le sous-consul se leva d'un bond et avança droit vers la bibliothèque.

– Emma, où es-tu ?

– La petite a fait un cauchemar, expliqua Mme Hidalf.

Le sous-consul eut un sursaut, puis il s'écria en marchant à grands pas vers la chambre de son fils :

– Comment as-tu pu y croire ? C'est un complot orchestré par Mathieu ! Je suis sûr qu'il essaie de faire une bêtise quelconque pour satisfaire les journaux. À l'heure où nous parlons, il est loin, quelque part dans le château !

– J'ai vérifié, il est dans sa chambre, répliqua Mme Hidalf. Ne l'accuse pas sans cesse à tort. Il n'a pas été transformé par le mage Bergamote, après tout.

– Le plus grand tour de magie de cet imbécile a consisté à transformer un radis en carotte.

Et M. Hidalf voulut s'assurer par lui-même de la présence de son fils. Il perçut un mouvement dans le lit silencieux et tourna la clef, restée sur la serrure, d'un air presque contrarié.

– Je préfère l'enfermer, dit-il. Je dépose la clef sur la table du salon.

Il se tut un instant, puis repartit de plus belle :

– J'y pense ! Si ce n'est pas Mathieu, ce serait bien sa grande sœur qui aurait repris sa fonction de leader de la bêtise ! Elle m'a semblé bien disposée à aller se coucher. Un comportement trop avenant dissimule toujours un mauvais coup. As-tu contrôlé sa chambre ?

Juliette et Mathieu étaient si proches qu'ils se sentaient trembler mutuellement.

– Non ! reconnut Mme Hidalf d'un ton réprobateur. Mais enfin, Juliette a maintenant seize ans et n'habite plus avec nous depuis plusieurs mois. Tu pourrais lui accorder ta confiance !

– Tu es bien naïve, ma chère épouse, constata M. Hidalf. Je me souviens de nos seize ans, et il est hors de question que ma propre fille...

M. Hidalf cessa de parler. Il avait ouvert la porte de Juliette d'Or.

– Elle nous a bernés ! Je n'ose pas y croire et pourtant j'en étais convaincu ! Seize ans ! Même sa grand-mère n'avait pas découché si tôt ! Quelle horreur ! Seize ans, quinze l'année dernière ! Nous sommes concentrés sur Mathieu, qui, au fond, à part une bêtise par an, n'est pas si terrible, et l'étage du dessus en profite pour faire des siennes ! Je vais fouiller le château de fond en comble et ramener Juliette au manoir ! Je ne vois que trop bien à quoi lui sert de danser ! Je savais que nous n'aurions jamais dû la laisser partir. Les autres jeunes filles en ont sûrement fait une Pompous !

Mathieu compatissait au malheur de sa grande sœur, occupée à griffonner un roman sur un bout de papier, qu'elle plia bientôt en quatre.

– Mathieu, je peux te faire confiance ?

– Si c'est un secret, non, répliqua-t-il durement.

– Je te fais confiance tout de même. Dépose ce mot dans le casier « Bibliothèque » du dortoir des Prétendants. Pierre saura où il se trouve. Tu ne le lis pas, n'est-ce pas ?

– Non.

– Va et rapporte la nouvelle.

– Tout seul ? bredouilla Mathieu.

– Tout seul, confirma sa sœur d'un ton tranchant. Et souviens-toi, tu ne lis pas mon mot !

Elle poussa son frère en direction de la porte d'entrée. Mathieu l'entendit demander, juste avant de refermer derrière lui :

– Maman, puis-je boire une tisane *Nuit mortelle* ? Toutes ces émotions m'empêchent de dormir.

Mathieu referma la porte du salon, et écouta un moment, l'oreille collée contre le chêne. Sa mère s'adressait à M. Hidalf d'un ton sévère :

– Tu vois bien, Rigor ! Tu doutes de tes propres filles !

L'accord Sage comme du potage était un des coups

de génie de la fratrie Hidalf. Les enfants avaient choisi de protéger systématiquement Juliette d'Argent devant leurs parents. Ils la poussaient même à dénoncer des bêtises mineures de la fratrie et avaient feint toute leur jeunesse de la détester. Certes, ils ne le faisaient pas de bon cœur, parce qu'elle n'avait pas été punie depuis une décennie. Mais grâce à ce petit sacrifice, le couple Hidalf ne la soupçonnait jamais de comploter dans son dos. C'était toujours pareil : on fouillait d'abord la chambre de Mathieu, puis celle de Juliette d'Or ; on avait également des soupçons concernant la petite Juliette d'Airain, trop influençable, mais jamais, jamais on ne prenait le risque de réveiller la douce, charmante et hypocrite Juliette d'Argent.

*

À cette heure avancée, les allées du château se ressemblaient comme Mélusine et Méchantine dans leur robe violette. Mathieu avait appris très tôt à vagabonder dans le manoir Hidalf, la nuit, mais le château du roi était un redoutable labyrinthe. Il allait s'égarer lorsqu'un trait de lumière traversa le plafond noir. Une voix incrédule s'exclama :

– Mathieu Hidalf !

Mathieu leva les yeux. Une nymphette du soleil

virevoltait dans tous les sens au-dessus de lui. La lumière qu'elle produisait éclairait ses joues légèrement roses.

– Je suis la nymphette Aurore! exulta la créature en tournoyant autour de Mathieu. Des rumeurs prétendaient que votre père vous avait fait assassiner, il y a deux ans... Je suis tellement heureuse de vous savoir sain et sauf! Que faites-vous à une heure si tardive? Menez-vous une nouvelle révolte?

Depuis qu'il les avait poussées à entreprendre la première grève de leur histoire, Mathieu avait noué des liens fermes avec les nymphettes. Un sourire ému se dessina sur ses lèvres.

– Enchanté, Aurore, répondit-il en s'inclinant. Hélas! je ne suis pas ici pour organiser une révolte... Je me suis égaré... Je cherche...

Mathieu baissa d'un ton et chuchota comme s'il s'agissait d'un secret absolu:

– Je cherche la Grille épineuse des Élitiens.

À ces mots, Aurore rougit comme un soleil couchant. Elle fonça dans les couloirs du château, dessinant un fil de lumière dans l'obscurité.

À minuit cinquante-neuf, Mathieu atteignait le pupitre extérieur de l'école. À côté du bassin luisant, il remarqua de larges traces d'eau. Stadir Origan avait dû passer par là récemment, et pouvait surgir d'une seconde à l'autre. Mathieu se réfugia derrière une statue de buse, en gardant la Grille épineuse en ligne de mire, pour attendre Pierre.

Excepté l'immense arbre lumineux, qui éclairait le mur de ronces noires, tout était si sombre que Mathieu appréciait la présence d'Aurore. Elle était perchée sur son épaule ; son regard étincelait de bonheur dès qu'elle croisait celui de Mathieu.

Une heure sonna dans les galeries alentour. Une ombre approcha de l'intérieur de l'école. Elle patienta silencieusement devant le tronc, à l'abri des épines.

Mathieu, les yeux plissés, se demandait ce que voulait cet importun, lorsqu'il comprit brusquement qui il était. « C'est l'amoureux de Juliette d'Or ! » s'étrangla-t-il. Il redoubla d'attention et s'agenouilla de manière à pouvoir l'espionner à son aise. Il faisait malheureusement trop sombre pour qu'il puisse l'identifier. En tout cas, Juliette ne faisait plus dans le gringalet ! Cet amoureux-là était sûrement plus grand que M. Hidalf ! « Si seulement je voyais au moins sa couleur de cheveux ! pensa Mathieu. Je pourrais faire un chantage formidable à Juliette, et j'aurais le droit d'habiter sa chambre au manoir ! »

Mathieu réalisa sans tarder qu'il devait faire face à un nouveau problème : à coup sûr, Pierre attendait dans la tour des Escaliers que l'amoureux de Juliette débarrasse le plancher. L'amoureux attendait lui-même, pour rien, que Juliette se présente. Et tous les trois risquaient de passer la nuit dans cette posture inconfortable. La situation réclamait donc une initiative mûrement pesée. Mathieu songea alors au mot que sa sœur lui avait confié. Il n'avait l'air de rien du tout, plié dans sa main. Il l'ouvrit délicatement, en s'efforçant d'étouffer les bruissements du papier.

Avec une joie mêlée d'étonnement, Mathieu découvrit que le billet lui était destiné ! Heureux de l'attention de Juliette, il le lut avec empressement :

Mathieu, si tu tiens à ta misérable existence, je te conseille vivement de refermer ce bout de papier avant de lire les lignes qui suivent, parce que si par malheur tu ne le refermes pas, en croisant ton petit regard d'enfant chétif, demain matin, je le saurai tout de suite, et je me débrouillerai pour que toutes les filles du château te détestent. J'inventerai d'horribles histoires sur ton compte. Personne, plus personne ne t'aimera.

*

Mathieu éloigna le billet comme s'il risquait de lui brûler les yeux. Il convenait de réfléchir. Juliette méritait-elle qu'il obéisse, oui ou non ? Après tout, il n'avait que dix ans… D'ailleurs, en écrivant ces mots insultants, Juliette venait de prouver qu'elle ne lui accordait aucune confiance. C'était intolérable ! Pour se venger, Mathieu décida de reprendre sa lecture :

Mon cœur…

Il s'arrêta et ricana tout seul dans l'obscurité. « *Mon cœur !* chuchota-t-il. Si papa voyait ça, le sien cesserait de battre ! »

Mon cœur, je ne pourrai pas venir ce soir, à cause de mon père, mais j'ai chargé mon frère de déposer ce message où tu sais. J'ignore ce qu'il s'est passé tout à l'heure dans la salle Cérémonie, mais sois très, très, très prudent. Demain, mon père emmène Mathieu faire des courses, et ma mère et mes sœurs vont visiter la S.C.S.

Mathieu s'arrêta. La S.C.S. ? Qu'est-ce que c'était que cette chose-là ? Un musée ? Une fabrique de super-chaussettes solélines ? On ne l'informait jamais de rien !

À treize heures, je serai complètement, complètement seule, et nous aurons beaucoup de temps devant nous, sans devoir nous cacher, dans l'appar-

tement n° 10 de la tour des Nobles. Si tu estimes que mon frère a lu ce papier... tue-le de ma part.
Mille et un soupirs transis.

Ta Juliette.

Mathieu déglutit péniblement en épiant l'imbécile qui attendait sans ciller. Il n'avait jamais vu d'autruche, mais il avait le pressentiment qu'une autruche devait ressembler à un amoureux donnant un rendez-vous interdit et ne comprenant pas pourquoi sa bien-aimée n'arrivait pas à l'heure convenue. Et dire que Juliette allait profiter de ses courses avec son père pour fréquenter un jeune homme ! Si ses parents savaient ça ! Mathieu se décida à remettre le billet en main propre au mystérieux inconnu ; c'était l'unique moyen de s'en débarrasser, et il découvrirait son identité en prime. Il fit un pas à droite de la statue de buse, lorsqu'un orage éclata au-dessus de sa tête. C'était l'eau du bassin qui se soulevait ! Mathieu plongea juste à temps derrière la statue, tandis que la nymphette Aurore, effrayée, s'élançait comme une flèche jusqu'au plafond.

Trois ombres avaient émergé du bassin. Mathieu reconnut la silhouette intimidante de Stadir Origan. Le sorcier accompagnait Louis Serra, dont le visage était fermé à double tour, et un homme enveloppé dans un long manteau bleu, armé d'un parapluie noir. Les voyageurs semblaient avoir été interrompus en pleine discussion.

— Je ne peux pas rester enfermé nuit et jour dans l'Élite, directeur Magimel, affirma Louis Serra d'un ton catégorique.

Mathieu écarquilla les yeux. Il reconnaissait à présent la silhouette du juriste de son père, qui ne quittait pourtant son bureau que pour écouter les histoires de Mme Hidalf! L'illustre magistrat avait sans doute été directeur de l'école de l'Élite, à en croire le titre que venait de lui donner Louis Serra. Il répondit avec un mélange d'agacement et d'inquiétude :

— Vous n'avez pas le choix, Louis. Les Élitiens sont d'une vaillance rare. Mais vous ignorez tout de vos ennemis. Ils vous atteindront si vous commettez la moindre imprudence.

Origan hocha silencieusement la tête, en signe d'assentiment.

— Rien ne prouve qu'ils vont nous attaquer, répliqua Louis Serra. Le *Serment* a simplement été rompu.

Mathieu fronça les sourcils. De quel serment pouvait-il être question ?

— C'est un miracle que vous soyez encore vivant, Louis..., reprit Magimel d'un ton réprobateur.

Donnez-leur l'occasion de vous surprendre, et vous serez assassiné avant d'avoir tiré votre épée.

En guise de réponse, Louis Serra inscrivit son nom sur le pupitre extérieur de l'école. La Grille épineuse tourna gravement sur ses gonds, et les trois silhouettes disparurent.

Mathieu pensa à mille choses à la fois. D'abord, il remarqua que l'amoureux de sa sœur s'était volatilisé. Ensuite, il se demandait où allaient les trois hommes et pourquoi maître Magimel avait quitté sa retraite. Et enfin, pourquoi Louis Serra était-il en danger et qui pouvait bien être assez stupide pour s'attaquer au capitaine de l'Élite? Dès que les pas s'éloignèrent, la nymphette Aurore descendit du ciel noir.

– Est-ce que vous pouvez vous faufiler à travers les ronces de la Grille épineuse pour rechercher un garçon honnête, loyal et droit, qui ne vous causera aucun ennui, nommé Pierre Chapelier? s'empressa Mathieu.

– Hein? fit Aurore, atterrée. Je suis confuse, mais c'est hors de question, Mathieu Hidalf. Même les souris ne passent pas à travers les barreaux de l'Élite! Personne n'y pénètre impunément.

– *Impunément?*

– Il s'y passe des choses étranges… Un jour, un loup enragé y a même été capturé! La rumeur prétend qu'il a dévoré trois enfants avant d'être remis dans les bois par un Élitien.

– Je n'y crois pas une seule seconde ; comment le loup serait-il entré ? objecta Mathieu.

– Mais il n'y est pas entré, allons ! expliqua Aurore, surprise. Il venait *de l'intérieur*, bien sûr ! Mathieu frémit. Soudain, la Grille épineuse se rouvrit silencieusement. Une petite voix appela dans l'obscurité. Mathieu reconnut la silhouette de Pierre et s'élança derrière la grille, sans écouter Aurore, qui virevoltait autour de la statue de buse.

*

La redoutable Grille épineuse se referma sans bruit. Mathieu resta immobile, le cœur battant. Il s'était attendu à des trompettes pour sa première entrée dans l'école. Il fut accueilli par un silence de mort et la clarté dorée de l'arbre immense.

Une couronne de branches rayonnait au-dessus de sa tête, si somptueuse qu'il ne put en détacher son regard pendant un long moment. Il dépassa le tronc robuste et se figea devant une seconde grille, plus célèbre encore que la première : la *Grille inviolable* des Élitiens. Les élèves pouvaient circuler à leur guise dans l'école. Mais personne, absolument personne d'autre qu'un Élitien ne pouvait franchir la

Grille inviolable. Le roi lui-même ignorait ce qu'il se tramait dans les entrailles du château. Mathieu approcha sans oser toucher les barreaux argentés, qui se croisaient comme des roseaux pris dans une tempête. On prétendait que ces barreaux étaient constitués des racines les plus vieilles de l'Arbre doré, et qu'il était impossible de les rompre. Au-delà, tout était noyé dans une obscurité permanente. Pierre passa soudain la tête entre Mathieu et la grille mystérieuse.

– Suis-moi, chuchota-t-il gravement. Je vais te révéler ce qu'il s'est passé cette nuit dans l'école…

Mathieu retrouva ses esprits. Pierre s'engouffrait déjà dans la tour des Escaliers, conçue de telle sorte que dix personnes pouvaient la descendre et dix autres la monter, sans que nul ne se croise jamais. D'étranges statues d'Élitiens se succédaient dans la pénombre des marches abruptes.

– Je ne les reconnais pas, s'étonna Mathieu.

– Ils ont disparu depuis longtemps…, murmura Pierre. Nous sommes dans l'escalier des Capitaines…

Plus ils montaient, plus les dates de disparition des capitaines élitiens, gravées sur le socle de chaque statue, étaient récentes. Mathieu découvrit avec stupéfaction qu'une décennie plus tôt huit capitaines différents avaient trouvé la mort au cours de la même année! Un seul leur succédait : Louis Serra, apaisé dans son habit de marbre. Il posait sur les deux enfants un regard figé. Quand ils atteignirent le seuil d'une galerie gigantesque et obscure, Pierre annonça à voix basse :

– Nous sommes au sixième étage, dans la galerie des Prétendants. Ne prête pas attention aux autres élèves... Je te conduis quelque part où personne ne nous surprendra...

Au milieu d'un dédale de portes, d'escaliers et de couloirs, un tapis rouge étouffait leurs pas. Mathieu frémit légèrement. L'école semblait particulièrement agitée ; on entendait parfois, au détour d'un corridor, les pleurs des Prétendants les plus jeunes. D'autres, plus âgés, passaient en chuchotant et disparaissaient aussitôt derrière une porte.

– Personne ne dort, constata Mathieu avec un sourire émerveillé.

– Personne ne dormira avant longtemps, après ce que nous venons d'apprendre..., répliqua Pierre d'un ton froid.

Le fils Chapelier s'arrêta alors devant une porte des plus curieuses. Elle était arrondie et colossale, son bois se craquelait, du lierre la recouvrait abondamment. Au-dessus de son battant, des Apprentis peu scrupuleux avaient griffonné grossièrement :

Le serment de la fratrie Hidalf

Salle des Disparus. Un parchemin officiel mettait en garde les intrépides :

Ne vous aventurez pas seul au-delà de la lisière rouge. Aucune expédition ne sera envoyée au secours des imprudents.

> *Mme la comtesse Dacourt,*
> *directrice adjointe,*
> *avec le consentement*
> *gracieux du baron Hudson*
> *et du capitaine Louis Serra.*

– Tu as déjà pénétré là-dedans ! s'exclama Mathieu, ravi.

Au moment où Pierre allait répondre, la porte s'ouvrit. Deux Prétendants, muets comme des tombeaux, franchirent le seuil sans même lever la tête.

Les yeux de Mathieu pétillèrent. De l'autre côté de la porte, un bois immense et sombre s'étendait à perte de vue. Des flambeaux portés par des Prétendants aux visages blafards illuminaient la lisière. Au-delà, tout n'était que ténèbres.

– Éloignons-nous avant qu'un Prétendant de Soleil ne te remarque. Les Solélins te détestent déjà et ils seraient heureux de nous dénoncer à la comtesse, prévint Pierre.

Les deux enfants filèrent dans un sentier désert.

Le premier défi de Mathieu Hidalf

Les chuchotements des autres élèves s'évanouirent peu à peu. Les torches parurent s'éteindre. Et l'ombre s'accrut progressivement autour de Pierre Chapelier et de Mathieu Hidalf. Il n'y eut bientôt plus un bruit.

Soudain, Pierre s'arrêta, aux aguets. Une lueur fascinante étincelait au milieu d'une clairière. Elle émanait d'une biche au pelage argenté, qui les dévisageait majestueusement. La créature demeura immobile plusieurs secondes, puis elle disparut d'un bond dans la noirceur des bois.

– Attention, prévint Pierre. La biche n'est jamais seule très longtemps...

En effet, un raffut assourdissant s'éleva. Six chiens de chasse, qui ressemblaient à s'y méprendre à des loups, fusèrent devant Mathieu en hurlant à la mort. Quatre cavaliers, courbés sur leur cheval, les talonnaient sans un mot.

– Ce sont des Apprentis, expliqua Pierre. Selon les rumeurs, celui qui réussira à amadouer la biche jouira d'une chance en amour à toute épreuve... Mais les Élitiens prétendent que, comme l'amour, elle est impossible à emprisonner.

Un sourire indéchiffrable traversa le visage de Mathieu. Puis les cris des chiens s'éteignirent et Pierre dit avec un tremblement dans la voix :

– Louis Serra est menacé de mort...

CHAPITRE 6

La colère du capitaine Louis Serra

Mathieu connaissait Pierre Chapelier depuis de longues années. Jamais il n'avait vu semblable expression de terreur sur ses traits.

– Mais qui peut bien être assez stupide pour vouloir assassiner Louis Serra ? demanda-t-il avec véhémence. Et pourquoi la salle Cérémonie était-elle déserte, tout à l'heure, quand je suis redescendu ?

– Parce que le royaume et les Élitiens doivent désormais faire face à six ennemis redoutables..., annonça Pierre.

– *Six ennemis* ? répéta Mathieu, offusqué. Mais qui peut bien avoir peur de *six* ennemis ! Rien que moi, au manoir Hidalf, en comptant tout le monde, j'en ai plus de vingt !

– Nos ennemis sont les six frères Estaffes..., précisa Pierre d'une voix à peine audible.

Mathieu ouvrit des yeux grands comme des soucoupes à thé. Il n'avait entendu parler des frères

Estaffes que dans des légendes affreuses et des contes interdits aux mineurs de moins de douze ans.

– Personne ne sait comment une telle chose est possible... Mais le *Serment rouge* a été rompu cette nuit, pendant le dîner du roi, poursuivit Pierre.

– Le Serment rouge ? bredouilla Mathieu.

Au loin, la plainte lancinante d'un chien de chasse retentit.

– Avant notre naissance, six frères mystérieux, les Estaffes, livraient aux Élitiens un combat acharné..., répondit Pierre. Rares étaient ceux qui parvenaient à leur échapper... Il y a une dizaine d'années, un jeune pré-Élitien, brillant, les a rencontrés. Il est parvenu à leur faire prêter un serment historique : ils jurèrent de ne plus pénétrer dans l'enceinte du royaume. Cet accord est plus connu sous le nom de Serment rouge, parce qu'il a été conclu sur du parchemin rouge. Ce pré-Élitien était Louis Serra. Avec le temps, les six frères ont fini par se faire oublier... jusqu'à cette nuit. Sais-tu ce qu'est un parchemin rouge ?

Mathieu était expert en la matière, pourtant il ne réussit pas à formuler le moindre mot.

– Un parchemin rouge est un document extrêmement rare..., reprit Pierre. Et *normalement*...

– ... inviolable, compléta Mathieu. Je le sais. Il est impossible de rompre l'accord qui a été rédigé sur un parchemin de cette sorte.

– L'exemplaire signé par Louis Serra et les six frères est suspendu depuis tout ce temps dans une salle de l'école. Deux chiens redoutables, qu'on appelle les Colosses, sont enchaînés au parchemin. Fous furieux, ils ne cessent de tirer sur leur chaîne... ce qui permet de s'assurer que le parchemin est toujours valable. Mais depuis quelques jours, l'Arbre doré frémit... Des signes étranges se sont multipliés. Finalement, cette nuit, les Élitiens ont refusé de participer à l'anniversaire du roi. Ils sont restés dans la salle du Parchemin rouge et ont interdit aux élèves de s'en approcher. Ils ont eu raison, car, aux alentours de minuit, les Colosses se sont brusquement libérés, entraînant chacun, au bout de leur chaîne, une moitié de parchemin ! Ils se sont ensuite jetés sur les Élitiens qui ont dû batailler pour les abattre... Le Serment rouge était tout bonnement déchiré en deux ! Les frères Estaffes ont rompu l'accord conclu avec les Élitiens et la vie de Louis Serra est gravement menacée.

– Comment ont-ils pu rompre le Serment ? s'exclama Mathieu. J'y ai moi-même réfléchi tout un après-midi... C'est une chose impossible !

– C'était impossible jusqu'à ce soir. Les Élitiens se

sont réunis avec des experts pour en discuter. Il pourrait y avoir une explication, mais elle paraît complètement folle !

– Laquelle ? s'intéressa Mathieu, en scrutant les bois ténébreux comme s'ils allaient se refermer sur lui.

– Le Serment rouge stipulait que les frères Estaffes ne pénétreraient plus dans le royaume et ne toucheraient plus à un Élitien à une condition : si un Élitien ou un élève de l'école commettait l'erreur impardonnable de menacer indirectement les six frères... ces derniers seraient en droit de rompre le Serment...

– Mais quel idiot aurait fait une chose pareille ?

– Pour l'instant, personne n'envisage cette éventualité... Ce qui est certain, en tout cas, c'est que plus rien n'empêche les six frères de retourner dans le royaume...

– J'ai trouvé une solution, dit Mathieu avec assurance. Il suffit d'engager les jumelles Violette ! Elles avaient bien plus de six frères et elles ont su s'en faire obéir ! Je le sais, ce sont elles qui...

– Mathieu, sais-tu bien qui ils sont ? coupa Pierre sèchement. *Personne* ne leur a jamais résisté... Personne depuis plus de *cent* ans ! Stadir Origan lui-même sait qu'il n'a aucune chance de survivre face à eux six... As-tu remarqué les statues des capitaines dans l'escalier ? Ils ont été assassinés, tous exactement depuis un siècle, par les Estaffes...

Pour la première fois de sa vie, Mathieu regretta de ne pas être au chaud, enfermé dans sa chambre, au sommet du manoir Hidalf. Un cri retentit alors dans le ciel. Une buse au bec argenté tournoyait au-dessus d'eux, comme un vautour guettant sa proie.

– Je crois bien que Louis Serra saura quoi faire, non ? interrogea Mathieu.

Mais Pierre n'avait d'intérêt que pour la buse mystérieuse.

– Qu'est-ce qu'il lui prend ? chuchota Mathieu, intrigué à son tour.

Le rapace se mit à crier de plus en plus fort.

– Tu as l'album de l'école sur toi ? s'écria Pierre.

– Toujours !

Pierre fronça les sourcils en s'en emparant.

– Page 13 ! s'exclama-t-il. *Pour chasser les jeunes filles s'introduisant dans l'école de l'Élite, la comtesse Dacourt dispose de trois buses enchantées. La première, au bec argenté, repère les intrus. La deuxième, au bec vert, les poursuit sans relâche. La troisième, au bec rouge, coupe une mèche de leurs cheveux, pour permettre à la comtesse de les reconnaître.* Nous sommes poursuivis par la comtesse !

– Et elle cherche une fille…, bredouilla Mathieu. Je comprends ! La direction doit soupçonner ma sœur ! Elle avait rendez-vous ce soir avec son amoureux !

– Que dis-tu ? lâcha Pierre en ouvrant grand les yeux. Juliette avait rendez-vous... avec son amoureux ?

– Oui, pourquoi ?

À cet instant, on entendit la porte de la forêt claquer au loin.

– Armance Dacourt..., chuchota Mathieu avec un air de défi.

– Il existe une porte qui donne sur le troisième étage ! indiqua Pierre, alarmé. Il faut que tu échappes à la comtesse, ou tu vas passer un très mauvais quart d'heure !

Les deux garçons filèrent comme des flèches, aussitôt pris en chasse par une seconde buse, au bec vert, qui les suivait comme une étoile filante de mauvais augure. Mathieu bondissait par-dessus les racines, baissait la tête pour éviter les branches basses, et réfléchissait à un stratagème pour sauver Louis Serra des six Estaffes. Comment ces fameux frères avaient-ils pu assassiner tant d'Élitiens ? Par quel miracle étaient-ils encore en vie, et si redoutables, depuis plus d'un siècle ? Enfin, comment avaient-ils réussi la prouesse de se libérer du Serment rouge ? Mathieu était plongé dans ses pensées lorsqu'un cri de Pierre le ramena à la réalité. Au détour d'un arbre, un lit à baldaquin noir, robuste et effrayant, se dressait sur leur passage, comme un récif sur la voie d'un navire. Emportés par leur élan, les deux fuyards franchirent les rideaux et atterrirent sur un matelas ferme. Les rideaux se refermèrent tout seuls, étouffant les cris de la buse.

– Qu'est-ce qu'un lit fait ici ? balbutia Mathieu dans le noir.

– Je n'en ai pas la moindre idée, admit Pierre.

– C'est sans doute le lit d'un ogre, vu que nous sommes en pleine forêt ! Nous allons être étripés vivants, ce que je ne pourrai pas supporter malgré tout mon courage !

– Je ne le pense pas, répliqua Pierre. La seule famille d'ogres qui habite l'école ne mange plus de chair humaine. À trois, nous ouvrons les rideaux, nous enfermons la buse à l'intérieur du lit, puis nous courons jusqu'à la seconde porte !

Mathieu acquiesça d'un signe de tête.

– Un... Deux... Trois !

Mathieu et Pierre ouvrirent brusquement les rideaux. Stupéfaits, ils oublièrent de descendre du lit. Ils avaient quitté la forêt et se trouvaient sous l'Arbre doré, en face de la Grille épineuse.

*

Mathieu haussa son sourcil droit avec un flegme prodigieux, tandis que Pierre analysait gravement la situation :

– Je pense que quelqu'un nous aide à fuir la comtesse... et t'invite en premier lieu à quitter l'école !

Sous leurs yeux, le pupitre intérieur des Élitiens luisait, semblant n'attendre qu'une signature pour commander l'ouverture de la grille. Ce meuble était la réplique exacte de celui sur lequel Mathieu avait griffonné le matin même, et permettait de sortir de l'école.

– Ouvre vite ! s'écria Mathieu, en entendant qu'on approchait dans la tour des Escaliers.

Les deux garçons bondirent hors du lit noir, qui s'évanouit le temps d'un soupir. Pierre sortit la plume magique de l'encrier et inscrivit son nom dans le silence effroyable du vestibule. Rien ne se produisit.

– Que se passe-t-il ? bredouilla-t-il.

En guise de réponse, une phrase apparut comme par enchantement sur le registre :

Sur ordre de Mme la comtesse Armance Dacourt, directrice adjointe, l'ouverture de la Grille épineuse est momentanément interdite à Pierre Chapelier, suspect privilégié dans l'introduction de Juliette d'Or Hidalf dans l'école de l'Élite.

La colère du capitaine Louis Serra

*

Mathieu eut juste le temps de se glisser derrière l'Arbre doré. La magnifique comtesse Dacourt, en robe de chambre blanche, venait de franchir la double porte de la tour des Escaliers. Un arbre doré, cousu sur son vêtement, étincelait dans la pénombre. Elle referma calmement les portes derrière elle, et approcha du registre intérieur sans même lever les yeux en direction de Pierre.

– Monsieur Chapelier, dit-elle en consultant le registre, vous êtes un Prétendant brillantissime. Je suis personnellement intervenue en votre faveur pour que vous obteniez la bourse du mérite, et je ne saurais croire que vous avez agi en votre âme et conscience. Vous allez me communiquer immédiatement le nom de la jeune fille que vous avez fait pénétrer illégalement dans l'école, c'est-à-dire Juliette d'Or Hidalf. Je sais quelles pressions vous avez dû subir de sa part. Vous me communiquerez ensuite le nom de l'Apprenti qui vous a prié illégalement de lui ouvrir la Grille épineuse. Il est inutile de vous préciser qu'en cas de refus de coopération votre bourse du mérite ne vous servirait plus qu'à vous payer un retour à Darnar, en dépit des regrets que j'aurais à me séparer d'un Prétendant de votre valeur.

Le premier défi de Mathieu Hidalf

Mathieu apprécia l'esprit de synthèse de la comtesse Dacourt, qui s'était exprimée avec une clarté remarquable, malgré l'heure tardive. Il envisagea calmement les options de retraite. À côté de la Grille inviolable des trente Élitiens, faiblement illuminé, un escalier étroit s'engouffrait dans les profondeurs de l'école. Mathieu allait l'emprunter discrètement, lorsqu'on frappa à la double porte de la tour des Escaliers.

– Qui s'amuse à faire ce vacarme au milieu de la nuit ? demanda la comtesse d'un ton menaçant.

Les coups cessèrent un bref instant, puis ils redoublèrent, comme si deux mains frappaient à l'unisson contre le bois. Furieuse, la comtesse ouvrit grand les portes et s'arrêta net. L'escalier était vide.

Alors, dans un vacarme assourdissant, les buses au bec vert et au bec d'argent se jetèrent sur les branches de l'Arbre doré. Elles tournoyaient autour du tronc, juste au-dessus de Mathieu. La comtesse approcha de l'arbre. Retrouvant son sang-froid et l'usage de ses jambes, Mathieu fonça dans l'escalier dérobé.

– Mathieu Hidalf ! s'écria la directrice en reculant d'un pas. C'est vous ?

– Non, ce n'est pas moi ! s'étrangla Mathieu en dévalant les marches. C'est une de mes sœurs !

La colère du capitaine Louis Serra

Il s'enfonçait déjà dans les ténèbres, lorsque la voix de la comtesse résonna au loin.

– Capitaine ! disait-elle. Mathieu Hidalf s'est introduit dans l'école !

Mathieu frémit. Si Louis Serra le poursuivait, il n'avait plus une seconde à perdre. Sans une idée de génie radicale, il était perdu. Derrière lui, les pas de la comtesse et du capitaine se succédaient comme des tambours oppressants. Mathieu avait atteint le seuil de trois galeries effrayantes. Sous ses pieds, le sol de roche noire était curieusement trempé, comme si une averse venait d'éclater. Deux des galeries étaient très étroites et faiblement éclairées. De l'eau gouttait des parois dans un clapotis incessant. La troisième était immense, silencieuse et plongée dans une obscurité totale. Mathieu s'y engagea sans ciller et s'arrêta quelques pas plus loin. L'obscurité l'avait englouti.

Sur le palier, il aperçut deux ombres indistinctes et comprit que le fameux capitaine était en fait le jeune Tristan Boidoré, responsable des Prétendants. Les deux silhouettes se détachaient étrangement à la lueur d'un flambeau. La comtesse scrutait les deux premières galeries d'un œil inquisiteur.

– Il n'aurait tout de même pas pris le risque…, commença-t-elle.

– … de pénétrer dans la galerie des Gouffres ? acheva Tristan Boidoré d'une voix effrayée.

Mathieu haussa son sourcil droit. Où avait-il mis les pieds ? Et pourquoi ses poursuivants n'osaient-ils pas le suivre ? Il prit une inspiration profonde, et demanda en contrefaisant la voix de Juliette d'Or :

– Qu'est-ce que c'est que la galerie des Gouffres ?

Tristan Boidoré et la comtesse Dacourt sursautèrent en accourant devant le tunnel obscur.

– Ne bougez surtout pas, Mathieu Hidalf ! avertit la comtesse.

Elle détacha chaque mot d'un ton glacial lorsqu'elle ajouta :

– Vous êtes entouré de gouffres béants !

Mathieu écarquilla les yeux sans rien voir. Il lui sembla alors entendre un remous lointain d'eau furieuse.

– Toutes les demi-heures, des torrents se déversent dans cette galerie et tourbillonnent dans les profondeurs de l'Élite, expliqua la comtesse avec autorité. Ne faites aucun pas de travers, Mathieu. Gardez quoi qu'il arrive votre sang-froid. Il est hors de question que vous mouriez dans cette école et entachiez mes statistiques.

Mathieu se raidit. Il sentait à présent des filets d'eau sous ses pieds. Un grondement infernal s'éleva dans le fond de la galerie.

– Si j'étais Mathieu Hidalf et que vous puissiez le

prouver devant un tribunal, qu'est-ce que je risquerais ? lança-t-il.

Le capitaine Boidoré et la comtesse, qui chuchotaient nerveusement, ne répondirent pas à sa question. Mathieu cessa de respirer. Le moindre pas
risquait de le précipiter dans l'abîme. Soudain, la
comtesse prit vivement la direction de l'escalier.

– Je vous envoie le premier Élitien disponible, dit-
elle à Tristan Boidoré. Puis je vais avertir les Hidalf.

La comtesse disparut et Mathieu frémit d'effroi.
Elle réveillerait bientôt tout l'appartement n° 10 ;
M. Hidalf furieux irait dans sa chambre ; il découvrirait Juliette d'Argent ; et toute la fratrie recevrait
une punition cyclopéenne. Mais lui, lui le troisième
enfant, il serait sur la première marche du podium,
avec la punition la plus inoubliable ! Et lorsque sa
bêtise se produirait, le lendemain soir, il aurait droit
à une seconde punition si extraordinaire qu'elle ne
prendrait sans doute pas fin avant qu'il ait l'âge de
l'archiduc de Darnar.

– Je suis perdu à tout jamais ! s'indigna Mathieu.
Sauf si j'ai une idée de génie...

Il réfléchit à une idée de ce genre-là. Mais le
hasard voulut qu'il n'ait que des idées stupides. Il
faisait si noir à présent qu'il ne savait même plus
dans quelle direction s'engager pour sortir. La silhouette du capitaine Boidoré s'était volatilisée. Mais

il entendait au loin sa respiration régulière. Un nouveau grondement retentit dans les ténèbres et Mathieu reçut quelques gouttes d'eau sur le visage. Soudain, un sifflement résonna dans les airs.

– Reste ici ! s'écria la voix indistincte de Boidoré.

– Je n'ai pas bougé ! répliqua Mathieu.

Hélas ! l'Apprenti élitien ne s'adressait pas à lui. L'éclat rouge du bec de la buse coupeuse de cheveux scintilla une seconde. Elle poussa un cri strident en plongeant droit sur Mathieu, qui se protégea tant bien que mal. La buse manqua son coup et revint à la charge en criant à nouveau.

– Mathieu, ne bougez pas ! rugit Boidoré.

Mais, pris de panique, Mathieu fit un pas en arrière, au milieu d'une flaque d'eau. Son pied glissa, un éclat de lumière verte jaillit dans un grondement du tonnerre, et un trou béant se dessina. Mathieu sentit le sol se dérober. Une eau noire, salée et glaciale, se jeta sur lui comme un loup affamé. Il poussa un dernier hurlement et tomba dans le gouffre à la renverse.

*

Le cri du capitaine Boidoré s'éteignit. Mathieu se sentit poignardé par le torrent glacial. Puis, l'eau disparut et il heurta le sol, d'une manière étrange, comme dans un rêve, lorsqu'il se sentait tomber sur son matelas et atterrissait avec un haut-le-corps désagréable. Un froid insoutenable le transperça. Il avait beau écarquiller les yeux, il ne voyait rien, et, en battant des bras, il ne rencontrait que du vide. Alors, un vent terrible s'abattit sur son visage, comme si une tornade de buses tournoyait autour de lui. Un escalier apparut.

Ses marches étaient abruptes comme des rochers. Mathieu le voyait d'en haut, sans pouvoir le toucher. Il était en train de rêver, en quelque sorte ! Soudain, le premier des douze coups de minuit retentit quelque part. Un enfant s'engouffra dans l'escalier... Mathieu eut un sursaut effroyable en se reconnaissant ! Oui, c'était bien son double qui gravissait les marches géantes, mais un double quelque peu différent. Peut-être plus âgé... Il montait, montait l'escalier interminable, pâle comme un fantôme. Enfin, il pénétrait dans une chambre gigantesque et désordonnée. Mathieu crut qu'elle était vide. Mais son double fantomatique poussa un cri. Au milieu d'un vaste lit, un vieil homme gisait sous une montagne de couvertures dorées. Son double s'approcha lentement. Mathieu reconnut le Grand Busier en personne... Le roi... était mort ! La chambre tournoya autour de lui.

Le vent souffla de nouveau avec violence, tout se

brouilla. Le roi mort et le second Mathieu Hidalf s'effacèrent aussi soudainement qu'ils étaient apparus. Mathieu se retrouva perdu dans l'obscurité la plus complète. Peu à peu, un vacarme indescriptible s'éleva. Des cris résonnaient partout. Mathieu crut qu'on volait à son secours. Mais il était de nouveau plongé au cœur d'un rêve étrange, plus indistinct que le premier. Cinq ombres vertes émergèrent de la noirceur de son rêve. Elles poursuivaient un garçon habillé tout en noir, trop éloigné de Mathieu pour qu'il le reconnaisse. Il n'aurait pu dire où la scène se déroulait. Il n'y avait aucun mur. Rien, rien que les silhouettes vertes et un scintillement de lumière dorée. Soudain, quelqu'un l'attrapa violemment. L'attrapa lui, le vrai Mathieu Hidalf, comme pour l'arracher à son rêve !

*

Une main ferme comme l'acier tira Mathieu hors du puits.

– Calmez-vous, ordonna une voix qui aurait transformé une vague en pierre.

Mathieu était allongé sur le sol et tremblait de froid ; des filets d'eau lui coulaient dans les cheveux. Il reconnut les yeux bleus et rassurants de Stadir Origan. Mais ce n'était pas le sorcier qui avait pris la parole. Un homme apparut dans son champ de vision : Louis Serra, le capitaine de l'Élite en personne. Il était trempé jusqu'aux os et paraissait furieux.

— Mathieu Hidalf, vous avez risqué votre vie ! aboya-t-il d'un ton polaire. Tout le monde sait que cette galerie est la plus périlleuse du royaume ! Vous êtes le premier à réchapper vivant d'une chute dans l'un de ces puits...

S'il y avait un seul adulte dont Mathieu aurait voulu ne jamais subir la colère, c'était bien Louis Serra. Il se redressa tant bien que mal et découvrit, derrière lui, le puits noir au fond duquel il était tombé. Il semblait inoffensif à présent. La galerie déserte était éclairée par une seule nymphette, en uniforme de l'Élite. Autour d'eux, des dizaines de gouffres se succédaient, aussi effrayants que des bouches d'ogre géantes. Au loin, on entendait des remous de plus en plus intenses. Derrière Louis Serra et Origan, un second Élitien considérait Mathieu en silence. Il s'agissait de Julius Maxima Purple, figé comme la lame d'une épée et plus pâle encore qu'à l'ordinaire. Alors Mathieu revit le visage du Grand Busier.

— Le roi ! s'écria-t-il.

— Il faut quitter la galerie avant la tempête, décréta

Julius Maxima en posant un regard sombre sur les puits agités.

Mais Louis Serra observait Mathieu avec attention.

– Restons ici un instant, répliqua-t-il avec une agressivité à peine contenue. Nous sommes à l'abri de toutes les oreilles. Mathieu Hidalf, que vient faire *le roi* dans notre affaire ?

– Vous ne comprenez pas ! s'exclama Mathieu. Il s'est passé quelque chose au fond du puits... Je l'ai vu comme je vous vois... Vous... Vous ne me croyez pas, n'est-ce pas ?

– Nous vous croyons, gronda Louis Serra. Où était le Grand Busier ?

– Allongé dans son lit... Il attendait le baiser d'un prince.

– *Il attendait un prince ?* répéta Louis Serra à bout de patience.

– Dans le langage de ma famille, c'est pour dire quand quelqu'un n'est pas près de se réveiller, vu qu'il est mort...

Une ombre passa sur le visage des trois hommes, tandis qu'au loin les grondements de l'eau s'intensifiaient.

– Le roi était mort, chuchota Louis Serra en surveillant la galerie déserte.

– Mais il y a eu autre chose ; je me trompe ? pressentit Stadir Origan en passant une main réconfortante dans les cheveux ruisselants de Mathieu.

– Un garçon…

– Un garçon?

– Je crois qu'il portait l'uniforme de l'école. Je ne l'ai vu que de loin. Il était poursuivi…

Un grondement effroyable résonna. Louis Serra saisit le bras de Mathieu pour le relever au moment précis où une vague s'abattait sur eux. Mathieu but la tasse et Julius Maxima ordonna la retraite, mais le capitaine des Élitiens ne voyait pas les choses de cet œil.

– Poursuivi par qui? lança-t-il à Mathieu dont il serrait toujours le bras.

– Par… Par… Je ne les connais pas personnellement, bien sûr… Par cinq des six frères Estaffes… Je le sais parce qu'ils étaient habillés tout en vert… Et dans un conte de la grand-mère édentée, j'ai lu que les frères Estaffes étaient habillés tout en vert, un peu comme ma famille qui est habillée tout en…

– Où avait lieu cette poursuite? lâcha Louis Serra entre ses dents.

– Je l'ignore…

– Ils ont donc bel et bien l'intention de revenir dans l'école…, siffla Louis Serra. Le Serment n'a pas été rompu par hasard.

– Je vais conduire Mathieu Hidalf à son père,

conclut d'une voix sévère Julius Maxima en scrutant l'ombre opaque qui les entourait. L'eau monte et il devient dangereux de rester ici... même pour nous, Louis.

En effet, le niveau d'eau s'était élevé progressivement. Mais Mathieu ne s'en rendait même pas compte. Il venait de retrouver toutes ses facultés.

– Mon père ? balbutia-t-il. Monsieur Julius Maxima, ne faites pas ça ! Ou bien il me punira pendant des centaines de...

– Vous n'êtes plus dans un conte de fées, Mathieu Hidalf, mais dans l'Élite astrienne, coupa Julius Maxima, inflexible.

Au grand étonnement de Mathieu, Stadir Origan se tourna avec autorité vers les deux Élitiens.

– Louis, Julius, je vous ai connus lorsque vous aviez l'âge et l'impétuosité de Mathieu Hidalf, dit-il d'un ton pénétrant. Plusieurs fois – n'est-ce pas, Louis ? – je vous ai rendu un service crucial dans une situation similaire.

Les Élitiens dévisageaient le vieil homme avec une attention extrême.

– Cette nuit est la plus menaçante pour notre royaume depuis des années, ajouta le mage. Mathieu Hidalf a mis sa propre vie en péril... Mais sans lui, nous n'aurions jamais su ce qu'il se tramait au fond de ce puits... et nous avons peut-être une chance, une chance infime de sauver la vie du Grand Busier. Je vais raccompagner Mathieu moi-même.

Un vacarme indescriptible s'éleva au fond de la galerie. Mathieu était prêt à s'enfuir. Julius Maxima l'agrippa fermement en même temps que Louis Serra, et une vague plus puissante que la première fit se courber violemment les deux Élitiens. Stadir Origan, lui, paraissait ne pas subir la pression de l'eau noire.

– Il faut partir ! s'écria Julius Maxima dégoulinant.

Louis Serra retint Mathieu une dernière fois. Le capitaine avait un regard à transformer un chêne inébranlable en brindille fêlée.

– Écoute-moi bien, Mathieu Hidalf. Si tu te souviens de quoi que ce soit, à propos de ta vision, réclame aussitôt un Élitien. Quoi que ce soit. Un bruit, une couleur, une sensation précise. En attendant, ne reviens *jamais* dans cette école avant d'y être invité. Et bouche cousue à propos de la mort du roi. Si cette nouvelle s'ébruite, je te garantis que tu ne franchiras plus la Grille épineuse.

*

Malgré les plaintes assourdissantes de l'eau, Mathieu avait parfaitement compris le message.

Stadir Origan traversa avec lui la galerie inondée, tandis que les deux Élitiens échangeaient quelques mots virulents dans les remous tumultueux. La nymphette éclairait les pas du sorcier, et Mathieu penchait la tête avec un mélange d'effroi et de curiosité sur les gouffres vertigineux.

Au milieu de l'escalier qui menait au vestibule de l'école, l'eau poussa un rugissement tel que les murs tremblèrent.

– Je suis bien mécontent que Louis Serra m'ait fait une telle leçon..., chuchota Mathieu en tournant la tête.

– Le capitaine est un homme d'une rare valeur, Mathieu Hidalf, répliqua le vieil Origan d'un ton apaisant. Mais ce jour est le plus dramatique de sa vie. L'œuvre qui lui a valu une gloire immense a été réduite en poussière... et la vie de chaque Élitien et de chaque élève est menacée.

Mathieu poussa un soupir, en essayant de tirer au clair les événements mystérieux qu'il avait vus se dérouler au fond du puits.

– Est-ce que j'ai vu l'avenir? demanda-t-il à voix basse. Comment se fait-il que je n'aie pas été englouti par l'eau?

Origan répondit comme s'il se parlait à lui-même :

– La galerie des Gouffres est un endroit très secret... Et le pouvoir de l'Arbre doré sur tout ce qu'il se trame dans cette école est tel... que vous n'avez peut-être pas été sauvé par hasard... Quant à ce que vous avez vu, difficile de dire précisément s'il s'agit d'une prophétie ou non... Quoi qu'il en soit, ceux qui veulent assassiner le roi auront fort à faire pour déjouer notre vigilance.

Parvenu devant la Grille épineuse, sous les branches réconfortantes de l'Arbre doré, Mathieu jeta un coup d'œil instinctif au pupitre intérieur de l'Élite. Le nom de la comtesse Dacourt étincelait sur la dernière page. Alors il oublia jusqu'à l'existence de Louis Serra.

– Je suis fichu ! s'écria-t-il. La comtesse m'était complètement sortie de l'esprit ! Elle est en chemin pour scandaliser mon père et ruiner ma minorité !

Origan ne parut pas alarmé et se contenta d'essorer l'extrémité de sa longue barbe bleue. Puis il signa à son tour le registre intérieur, avec son élégance coutumière. La grille s'ouvrit respectueusement et Mathieu avança, tête basse, trempé, les larmes aux yeux, prêt à affronter la colère de son père.

*

M. Hidalf, éberlué et craignant le pire, quitta son lit précipitamment, aussitôt suivi de Mme Hidalf et de Juliette d'Or, qui n'avait pas fermé l'œil depuis le départ de son frère. Trois coups venaient de retentir contre la porte du dixième appartement de la tour des Nobles, avec autant d'aplomb que le marteau d'un juge.

– Qu'a-t-il encore fait? attaqua M. Hidalf en ouvrant.

Il s'inclina légèrement en reconnaissant la charmante comtesse Dacourt, qui ne cilla pas en découvrant son horrible robe de chambre pourpre et or. Pierre Chapelier se tenait à côté d'elle, honteux.

– Rigor Hidalf, dit-elle d'une voix douce.

Sur le palier, Méphistos Pompous, réveillé par les coups et accouru du neuvième étage, observait son homologue sous-consul avec une curiosité machiavélique.

– Votre fils s'est rendu coupable de deux infractions majeures qui devraient le conduire devant les tribunaux du château, annonça solennellement la comtesse Dacourt.

Emma Hidalf porta une main épouvantée à sa gorge, tandis que Rigor, les yeux exorbités, balbutiait :

– Qu'a-t-il encore fait, par la barbe bleue d'Origan?

– Il s'est introduit dans l'école de l'Élite en compagnie de Pierre Chapelier.

La comtesse désigna Pierre, accablé de remords.

– Après quoi, il a pénétré dans la redoutable galerie des Gouffres. Par miracle, il est indemne.

– Madame Dacourt, commença M. Hidalf tremblant, voulez-vous adopter un enfant turbulent contre la modique rente de...

– Mais où est-il ? s'empressa de demander Mme Hidalf.

– Quelque part entre deux gouffres, à attendre le secours des Élitiens, bien sûr, expliqua la comtesse. Rassurez-vous, Louis Serra et Julius Maxima s'occupent personnellement de lui.

– Je vais le priver de majorité jusqu'à ses cinquante ans, et lui trouver une place au chaud dans un cachot à l'autre bout du royaume ! s'emporta M. Hidalf.

– Vous voulez dire qu'il n'est pas dans son lit ? bredouilla Juliette d'Argent qui venait d'apparaître, le bonnet rouge de Mathieu encore posé sur la tête.

– À moins que votre frère ne soit magicien, mademoiselle, je vous garantis qu'il est dans l'école, indiqua la comtesse avec indulgence. D'ailleurs, il ne pourrait franchir la Grille épineuse seul.

– Vous vous trompez ! protesta Juliette d'Argent.

La comtesse perdit un instant son sourire et M. Hidalf gronda comme le tonnerre :

– Juliette, on ne répond pas à un adulte de la noblesse, même soléline ! Inutile de défendre ton coupable de frère ! Je considérerai comme complice de sa bêtise toutes celles qui prendront sa défense !

Juliette d'Or, épouvantée, chuchota à l'oreille de sa sœur :

– Nous ne pouvons rien faire pour lui, article 12 du serment Papa en nage.

Mais Juliette d'Argent avança d'un pas farouche en direction de la comtesse, passant devant son père abasourdi.

– Vous avez tort, madame, répéta-t-elle. Quand je me suis levée pour voir ce qu'il se passait, Mathieu essayait d'ouvrir sa porte fermée à clef. Il a grogné : « Qu'est-ce que c'est que ce vacarme ? Vous avez réveillé trois têtes de Bougetou ! », et il est retourné se coucher.

La bouche de la comtesse cessa de dessiner des sourires, et M. Hidalf balbutia :

– Ma petite Juliette, es-tu sûre de toi ?

Alors, la famille Hidalf, suivie de la comtesse Dacourt, de Pierre qui n'osait pas y croire et de Méphistos Pompous, traversa l'appartement du dixième étage jusqu'à la cinquième chambre du couloir. M. Hidalf pria secrètement en posant sa main sur la poignée. Il fit tourner la clef dans la serrure et ouvrit grand la porte.

Un moment de silence suivit, puis les trois Juliette et Pierre sourirent à leur tour dans la pénombre.

La colère du capitaine Louis Serra

Allongé dans son lit, Mathieu se redressa et poussa Bougetou qui tomba du matelas en aboyant des quatre têtes. Alors il s'exclama en levant les bras au ciel :

– Mais que se passe-t-il, à la fin ? Ne puis-je pas rester enfermé dans ma chambre comme un prisonnier ordinaire ?

– Mon garçon, dit M. Hidalf, il ne se passe rien du tout. Rendors-toi.

La porte se referma et Mathieu écouta son père piquer une colère abyssale contre la comtesse Dacourt. Le calme revint peu à peu. Il se blottit dans ses draps et serra son oreiller contre son visage, mais celui-ci poussa un miaulement. Mathieu se redressa et identifia le chat doré du sous-consul de Soleil, qui se glissa entre les quatre têtes de Bougetou. Quelle belle journée d'anniversaire ! Il venait de réaliser un de ses rêves ! Stadir Origan l'avait reconduit à la tour des Nobles en le faisant passer par l'eau ! Et Mathieu était arrivé juste avant la comtesse Dacourt, qui avait dû traverser la moitié du château à pied. Cette aventure faisait du vieux sorcier un des meilleurs amis de Mathieu, et encore plus influent que l'archiduc de Darnar !

Il ferma à nouveau les yeux, prêt à s'endormir, lorsque la porte de sa chambre s'ouvrit doucement. Il crut que ses sœurs venaient pour s'informer de l'effroyable nouvelle qu'il avait apprise, et il essayait lui-même de faire le tri entre toutes ces informations terribles : six frères avaient réussi à rompre un serment irrévocable ; tout laissait présager que les jours de Louis Serra étaient comptés... sans parler de ceux du roi ! Mathieu allait se redresser, mais il reconnut avec étonnement la silhouette élancée de sa mère. Elle tenait quelque chose à la main.

– Sais-tu ce que j'ai retrouvé sur la tête de Juliette d'Argent ? demanda Mme Hidalf d'un ton autoritaire.

Mathieu fit semblant de dormir.

– Ton bonnet de nuit *sacré* sans lequel, paraît-il, tu ne peux pas dormir, et que tu refuses toujours de prêter à tes sœurs !

Et sa mère lui enfila le bonnet sur la tête, en murmurant :

– Que tu quittes l'appartement, ça ne me plaît pas du tout, Mathieu Hidalf. Mais que tu ailles jusqu'à pénétrer dans les salles interdites de l'Élite, ça me déplaît énormément ! C'est un endroit dangereux !

Et Mme Hidalf quitta la chambre à pas de loup, en refermant soigneusement derrière elle.

Mathieu retira son bonnet de nuit, qu'il détestait, et le jeta farouchement à l'autre bout de la pièce. Heureusement que c'était sa mère, et pas M. Hidalf, qui l'avait remarqué sur la tête de Juliette d'Argent !

La colère du capitaine Louis Serra

Ce qui était ennuyeux, dans cette affaire, c'est que l'accord Sage comme du potage venait de connaître sa dernière heure de gloire. Sa mère avait compris l'implication de Juliette d'Argent dans les bêtises de la fratrie, et se consacrait probablement à l'inventaire du nombre de fois où elle avait été trompée par cet habile procédé...

CHAPITRE 7

Les soupçons de Juliette d'Or

Le lendemain matin, M. Hidalf était bien le seul adulte du château d'une humeur radieuse. Sa frayeur avait été telle en entendant les accusations de la comtesse Dacourt qu'il lui semblait désormais que Mathieu était l'enfant le plus irréprochable du monde. Qui plus est, son imagination réglée comme une horloge ne pouvait concevoir que son fils ait changé le jour de sa traditionnelle bêtise. La menace même des frères Estaffes n'atténuait pas son sourire.

Juliette d'Argent et Juliette d'Airain regardaient avec insistance leur frère dévorer ses céréales *Force élitienne*, comme pour deviner la fameuse nouvelle qu'il avait apprise et qu'elles ignoraient toujours. Juliette d'Or arriva à table tardivement, dans une robe éclatante. Elle avait teint ses cheveux en or, ce qui fit avaler M. Hidalf de travers.

– L'or est la couleur des Solélins! rugit-il. Est-ce

176

que ma propre fille, déjà blonde de surcroît, doit se teindre les cheveux en or ?

– Allons, Rigor, nous sommes ici pour fêter l'anniversaire du roi, qui est tout de même le plus illustre des Solélins…, objecta sagement Mme Hidalf. Et si nous étudiions avec finesse notre généalogie, nous y trouverions assurément des ancêtres originaires de Soleil !

M. Hidalf grimaça, puis fit une première allusion à l'interruption de l'anniversaire royal, pour manifester sa déception ; le roi n'avait même pas pris le soin d'ouvrir son cadeau extraordinaire, qui lui avait coûté la bagatelle de dix mille diamantors !

– C'est le prix d'un château sur la côte ! s'indigna le sous-consul.

En entendant ces mots, Mathieu déglutit péniblement et se résolut à déposer la montre de mort en consigne chez l'archiduc de Darnar, avant que son père n'organise une fouille impromptue. Par mesure de précaution, Mathieu avait déjà dissimulé le paquet-cadeau dans la chambre de Juliette d'Airain.

– Que s'est-il passé exactement hier soir, papa ? demanda alors Juliette d'Argent d'une voix fluette.

Mathieu releva la tête avec attention.

– Il ne s'est rien passé du tout, mademoiselle, répondit Mme Hidalf d'un ton grave.

Alors, Mathieu dit à ses parents, tout en jetant des

œillades à ses sœurs pour bien leur faire comprendre qu'il ne parlait pas à tort et à travers :

— Moi, je ne sais pas ce qui s'est passé.

— Merci beaucoup pour cet éclair de génie, Mathieu, riposta M. Hidalf.

— Mais je parie qu'hier soir, vers vingt-trois heures, le Serment rouge a été rompu, et que, par conséquent, les affreux frères Estaffes ont *promis-juré si je mens je passe un an dans ma chambre* d'assassiner tout le monde, et surtout Louis Serra qui n'a peur de rien et qui est le plus beau des Élitiens, vu qu'il est tout de même le capitaine. C'est pourquoi nous allons tous nous faire massacrer, égorger, dévorer, voire pire, conclut Mathieu d'un ton indifférent.

M. Hidalf laissa pendre sa mâchoire, tandis que Mme Hidalf lâchait son bol de thé bouillant sans manifester le moindre signe de douleur. Les trois sœurs Juliette, mi-étonnées, mi-terrifiées, échangèrent un long regard.

— Enfin, c'est juste ce que je pense, précisa Mathieu, mais au fond, moi, je n'en sais rien. Je ne suis qu'un enfant avec beaucoup d'imagination.

M. Hidalf ramassa les éclats de porcelaine répandus sur le sol, les déposa sur la table, et demeura un instant plongé dans ses pensées. Puis il poussa un soupir mûrement réfléchi.

– Bien, Mathieu, je préfère ne pas savoir comment tu as accédé à cette information. Et je préfère ne pas faire le lien avec l'irruption de la comtesse Dacourt, hier soir, à deux heures et demie du matin. Mais puisque tu sais en partie la mauvaise nouvelle que le roi a apprise hier soir, et que tout le monde sera de toute façon bientôt au courant, sachez, mes enfants, qu'en effet l'illustre Serment rouge a été rompu hier soir.

– Rigor, balbutia Mme Hidalf devenue livide.

– Pourtant, reprit M. Hidalf comme si de rien n'était, nous allons tous nous unir, pour nous protéger des frères Estaffes... Notre vieil Origan leur a causé à lui seul plus de problèmes que tous leurs adversaires réunis. Et, contrairement à ce que Mathieu pense, en sa qualité de stratège reconnu de Sa Majesté, nous n'allons pas être massacrés. Les Estaffes témoignent depuis toujours leur haine aux Élitiens. Et cette génération d'Élitiens est sans doute une des plus glorieuses de l'histoire... Louis Serra a été capable de s'entendre une fois avec nos ennemis... Je suis certain qu'il trouvera une solution pour leur survivre... D'ailleurs, rien ne prouve qu'ils aient de mauvaises intentions. Un parchemin s'est déchiré, voilà tout. C'est mon dernier mot. Si vous avez des questions, nous en reparlerons. Cette nouvelle est trop grave pour être passée sous silence, et je préfère que vous sachiez la vérité, plutôt que d'entendre au détour d'un couloir que les Estaffes vont vous manger, ou d'autres aberrations de ce genre, inventées soit par Mathieu, soit par Juliette d'Or.

Les quatre enfants Hidalf contemplaient leur père comme s'il avait été un héros. Quant au sous-consul de Darnar, il paraissait le premier surpris de sa propre attitude. Il fut de bonne humeur tout le reste de la matinée, affirmant qu'il fallait bien continuer à être heureux.

Mathieu n'aurait jamais imaginé que son père fût un tel philosophe, et il aurait bien voulu continuer à être heureux, mais c'était sans compter le regard meurtrier que lui destina Juliette d'Or en se levant de table. Il s'était d'abord demandé ce qui pouvait justifier ce comportement étrange de la part d'une jeune fille de seize ans. Puis il s'était souvenu, brusquement, du message qu'elle lui avait confié la veille ! Quel idiot ! Dans la précipitation, il avait complètement oublié de le transmettre à son amoureux... Il fouilla discrètement ses poches, pour tenter de réparer son erreur dans la matinée. Alors, seulement, il découvrit l'ampleur du désastre : il avait égaré le document compromettant lors de sa course-poursuite... Et celui-ci se trouvait certainement entre les mains de la comtesse Dacourt !

Mathieu adressa un sourire furtif à sa sœur pour

la rassurer mais, pendant toute la matinée, il ne quitta pas son père d'une semelle pour être sûr que Juliette ne lui réclamerait aucun compte. M. Hidalf, agacé d'avoir une seconde ombre, finit par quitter l'appartement. Mathieu courait déjà vers sa mère, lorsque sa grande sœur et ses bras tentaculaires l'interceptèrent farouchement.

– Je t'avais ordonné de ne pas lire le mot, Mathieu ! s'écria Juliette dès qu'elle eut claqué la porte de sa chambre.

– Je ne l'ai pas lu ! protesta Mathieu, et même si je l'avais lu, tu n'aurais aucune preuve !

– Qu'en as-tu fait, traître à ta sœur ?

– Je l'ai déposé… selon tes instructions… dans… le casier… Et maintenant, je ne suis pas responsable de la suite. S'il t'aime vraiment, il viendra, sinon, il ne viendra pas. C'est toujours comme ça.

Juliette d'Or attrapa son petit frère par le col et dit d'un ton terrible :

– Comment sais-tu que… que… que… que je lui ai… donné un rendez-vous ? Tu l'as lu ! Menteur !

Mathieu releva légèrement le sourcil droit, comme faisait son père lorsqu'une question embarrassante nécessitait le secours de maître Magimel.

– Je savais que je ne pouvais pas te faire confiance ! explosa Juliette.

– Alors pourquoi m'as-tu confié ce papier ? répliqua Mathieu. Moi aussi, je le savais, que tu ne pouvais pas me faire confiance ! Maman le sait, papa le sait, même Juliette d'Airain le sait, et toi, la grande Juliette, tu ne le savais pas ? Je ne suis pas responsable de ta crédulité d'amoureuse ! C'est vrai que j'ai lu le mot. Et même au moins deux fois ! Mais uniquement parce que je ne me souvenais plus du nom du casier ! Je l'ai donc lu par nécessité absolue, en commençant par la fin, comme je fais toujours, parce que si la fin est mauvaise, c'est inutile de lire le début. Et donc ce n'est qu'à la fin que j'ai lu que j'aurais des ennuis si je lisais le mot. La prochaine fois, écris que je ne dois pas le lire au début et à la fin !

Juliette d'Or émit un grognement indulgent, et Mme Hidalf coupa court à leur entrevue secrète. Elle annonça le déjeuner, en compagnie de la famille du sous-consul de Soleil, au neuvième étage de la tour des Nobles. Mathieu courut jusqu'au salon sans se faire prier, en comprenant par la même occasion que la S.C.S. n'était pas une société de super-chaussettes mais la sous-consulesse de Soleil.

*

– Mathieu, commença son père discrètement en attendant devant l'appartement n° 9 de la tour des

Nobles, ta mère ayant insisté pour organiser ce repas déplaisant en compagnie d'individus repoussants dans un appartement infamant pour notre famille, nous partirons avant le dessert pour acheter ce que je t'ai promis ; ce sera un prétexte ingénieux pour fuir ces benêts de Solélins. Tu me suis ?

Mathieu fit un hochement de tête approbateur.

La porte de l'appartement du sous-consul de Soleil s'ouvrit sur Anna, Méphistos et leur fils Roméo Pompous, qui considérait la fratrie Hidalf d'un œil curieux. Anna Pompous était une femme toujours souriante, qui donnait l'impression d'aimer les enfants Hidalf comme son propre fils. Elle complimenta les trois sœurs sur leur toilette, s'attarda longuement sur la magnifique coiffure de Juliette d'Or, puis elle passa une main affectueuse dans les cheveux de Mathieu, sur lequel il n'y avait rien de plus à dire.

Le repas commença en grande pompe dans le vaste salon des Solélins, sur une nappe si étincelante qu'on ne pouvait attarder son regard dessus sans s'aveugler. Méphistos Pompous ouvrit les festivités en s'excusant de la petitesse de son logement de fonction, et en regrettant d'être situé au neuvième étage, c'est-à-dire *à la limite du déshonneur*. M. Hidalf, convaincu qu'il s'agissait d'une atteinte à sa dignité, répliqua qu'il avait hâte qu'Armémon du Lac tire sa révérence et s'allonge dans son cercueil, pour devenir enfin consul à sa place. Il promit gracieusement qu'il inviterait la famille Pompous à dîner dans l'appartement n° 2 dès qu'il en aurait pris possession. Dès lors, les sous-consuls ne parlèrent qu'avec des sourires entendus de politique, des cadeaux du roi, et de l'incompétence du mage Bergamote, seule chose sur laquelle ils étaient d'accord. Ils essayaient sans cesse de se bousculer, de s'irriter, de se déplaire, tout en restant mondains devant leur famille. Les deux épouses, au contraire, parlaient vivement des cinq enfants réunis à l'extrémité de la table, comme s'ils ne pouvaient pas entendre ce qu'elles disaient.

– C'est une vraie femme ! confiait Anna Pompous à son amie, à propos de la grande Juliette. Belle comme un soleil ! Elle était radieuse au dernier spectacle de danse du comte Dacourt ! Elle ne tardera pas à récolter les feux de tous les jolis garçons du château...

– Je veille à les éteindre, répliqua M. Hidalf en coupant la parole à Méphistos Pompous qui soulignait l'originalité de sa perruque. Je me flatte d'avoir inculqué à ma fille des valeurs saines et chéries par ma mère, la défunte et regrettée Héloïse Hidalf.

Méphistos Pompous émit un ricanement à peine étouffé en entendant parler de la mère de Rigor.

Les soupçons de Juliette d'Or

L'illustre Héloïse était décédée quelques mois plus tôt, en emportant dans la tombe des secrets sulfureux.

Pendant ce temps, les cinq enfants s'observaient mutuellement et sans dire un mot. Juliette d'Airain dévorait des yeux le beau Roméo, qui, lui, contemplait Juliette d'Or avec dévotion, qui, elle, examinait les coutures de sa robe d'un air pensif ; Juliette d'Argent ne regardait personne, et Mathieu regardait tout ce jeu de regards avec colère, car personne ne s'attardait à le regarder, lui, ce qu'il ne s'expliquait pas.

Mais M. le sous-consul de Soleil remédia à cet inconvénient en se tournant bientôt dans sa direction.

– Mathieu ! Mathieu ! Mathieu ! clama-t-il théâtralement. De loin le Hidalf le plus ingénieux de l'arbre généalogique pourtant infini de cette auguste famille ! Vous nous avez un peu déçus, hier soir... Nous attendions tous une bêtise *monumentale* de votre part, après votre absence l'année dernière. Je crois même que des paris se sont organisés dans votre dos et que vous avez ruiné plusieurs notables du royaume... Il paraît que l'archiduc de Darnar va devoir emprunter une somme colossale pour honorer ses dettes... Je lui ai permis de me les régler en trois échéances.

– *Méphistos*, intervint son épouse contrariée.

– Allons, reprit le sous-consul de Soleil avec une douceur de mauvais augure, je suis sérieux. Mathieu Hidalf est un enfant exceptionnel. Dommage qu'il ait manqué d'imagination ou de ressource, cette fois-ci...

– Dommage que le petit Roméo n'ait pas eu d'imagination ni de ressource depuis dix ans, riposta M. Hidalf d'une voix toujours polie. J'ai appris à Mathieu à partager la gloire et les premières pages des journaux. A-t-on déjà parlé de Roméo dans *L'Astre du jour*? Oui, je suis tête en l'air. J'ai lu la semaine dernière qu'il avait appris à manger la bouche fermée? Je crois pouvoir retourner le compliment que vous avez adressé à mon fils. Roméo est sans aucun doute le membre le plus brillant de tous les Pompous. Il fera carrière.

– Rigor! s'indigna Mme Hidalf.

– Roméo préfère se concentrer sur l'école de l'Élite et la redoutable épreuve du Prétendant, rétorqua Méphistos qui commençait déjà à hausser le ton. J'imagine que, vous aussi, vous donnez des cours particuliers d'escrime, d'équitation et de politique à Mathieu depuis sa plus tendre enfance? À moins que vous ne soyez trop occupé à le maintenir enfermé dans sa *cellule*?

Un silence gêné suivit, dont s'emparèrent les deux épouses pour critiquer vertement l'école.

– C'est un lieu dangereux, incontrôlable et vétuste, récita Anna Pompous, malgré les efforts de ma chère cousine éloignée, Mme la comtesse Armance Dacourt, qui a réussi à réduire par deux le nombre de blessés graves l'année dernière, et n'a déploré pour l'instant aucune mort chez les Prétendants de première branche.

– Et la sécurité ne va pas s'arranger avec la terrible nouvelle que nous...

Mme Hidalf s'interrompit au milieu de sa phrase, confuse ; Roméo s'était redressé sur sa chaise avec un tel élan qu'il était évident que personne ne l'avait averti du drame de la veille.

– Il vaut mieux tenir les enfants à l'écart de ces problèmes majeurs, décréta Méphistos d'une voix intimidante en dévisageant Mme Hidalf.

M. Hidalf hésita à lancer une pique mortelle à son homologue, mais un geste impérieux de son épouse l'en dissuada provisoirement. Alors, le sous-consul de Darnar adressa un coup d'œil furtif à Mathieu, qui comprit aussitôt le message.

– Notre papa nous a prévenus, dès ce matin, de la fin du Serment rouge, rompu par les effroyables frères Estaffes, dit-il d'un ton naïf.

Les yeux de Roméo sortirent de leur orbite, et Mme Pompous posa une main sur sa gorge découverte.

– Parce que notre papa, poursuivit Mathieu, préfère ne pas nous enfermer dans l'ignorance. D'ailleurs, comme mon papa me l'a dit ce matin encore, comment un enfant de dix ans peut-il espérer entrer dans l'Élite, si son propre père n'ose pas lui dire que les six frères Estaffes menacent d'étriper Louis Serra et tous les Élitiens ?

Autour de la table, le silence était tel qu'une grenouille arpentant le plancher aurait aisément pu se confondre avec un bœuf. Mme Hidalf foudroyait Mathieu du regard, Mme Pompous rougissait jusqu'aux racines de ses cheveux noirs, et M. Pompous tremblait de fureur. Le seul qui osa répondre, M. Hidalf, le fit d'un ton tellement surfait qu'il ne trompa personne :

– Mathieu, c'est très mal de ne pas respecter l'éducation démodée de ses voisins. Ce n'est pas parce que j'ai pris la décision de vous expliquer les sombres événements qui menacent le royaume que tous les parents peuvent en faire autant. D'ailleurs, *menacer* est un bien grand verbe ! Nous n'avons à affronter que les terribles frères Estaffes. Ils ne sont que six, nous n'allons pas en faire un plat !

M. Pompous trépignait dans son fauteuil, et Mme Hidalf orienta le sujet sur une plante carnivore qui venait de dérober un morceau de viande dans l'assiette de Juliette d'Airain, épouvantée.

Les soupçons de Juliette d'Or

*

Mathieu fut soulagé lorsque son père se leva élégamment en direction de la sortie.

– Merci beaucoup pour ce repas fort instructif, comme toujours en votre compagnie charmante, prétendit M. Hidalf en s'inclinant devant Mme Pompous. J'aurais aimé plus que tout qu'il se prolonge des heures, chère madame, mais j'ai une course futile à faire avec mon petit Mathieu. Nous nous verrons donc ce soir pour la seconde soirée de l'anniversaire royal.

Mathieu attendit dans le vestibule que son père achève ses salutations. Juliette d'Or choisit cet instant pour jaillir comme une furie.

– Quoi encore ? fit Mathieu en reculant. Qu'est-ce que j'ai fait ? Qu'est-ce que j'ai dit ? Quand est-ce que j'ai menti ?

– Tu m'as bien raconté que tu avais lu mon billet pour trouver le nom du casier ?

– Oui, confirma Mathieu fermement.

Au visage effaré de sa sœur, il devina qu'il avait commis une erreur de calcul.

– Je n'ai pas écrit le nom du casier dans le mot, ignoble menteur ! s'écria Juliette à voix basse, en le secouant comme un prunier. Pourquoi l'y aurais-je écrit ? Qu'as-tu fait de mon mot, quadruple buse, frère indigne, bourreau du cœur de ta sœur ? Tu ne l'as pas mis au hasard dans un casier quelconque, au moins ?

Mathieu leva les mains en signe d'apaisement.

– Juliette… Mentir n'est pas si grave ! Pourquoi devrais-je assumer les conséquences plutôt qu'un autre menteur ? Tout le monde ment ! Le loup ment à l'agneau, et pourtant c'est bien l'agneau qui se fait manger ! Papa ment, maman ment, toi tu mens à papa et maman, et moi je mens à papa, maman et toi, puisque vous êtes mes seuls modèles ! Mathieu Hidalf est né juste, et sa famille l'a dépravé ! À présent, voici la vérité en *bonne uniforme.* Quand je suis arrivé à la grille…

– La vérité, Mathieu !

– La vérité c'est que ton grand nigaud d'amoureux qui n'a pas inventé l'eau tiède était déjà là. Et comme cet importun aurait passé la nuit devant la grille à t'attendre, empêchant Pierre de m'ouvrir… je lui ai donné le mot à travers les barreaux pour me débarrasser de lui. Ne me demande pas s'il est beau, je me suis masqué les yeux pour ne pas voir ça. Et si je ne t'en ai pas parlé plus tôt, c'est parce que… il m'a dit qu'il avait…

– … une grave maladie ? C'est affreux !

– Non, une surprise pour toi et…

M. Hidalf arriva d'un pas ferme, saisit Mathieu par la main et l'entraîna dehors. Mathieu eut juste le temps d'entendre sa sœur soupirer : « Une surprise... » Alors, il comprit qu'à moins qu'un carrosse ne l'écrase dans la rue, Juliette allait le supplicier à son retour. Il tremblait rien qu'en y pensant ! Elle lui crèverait les yeux, lui couperait les cheveux, lui ferait une telle laideur qu'il n'oserait jamais se marier... Le nom des Hidalf se perdrait à tout jamais.

« Ou bien alors, pensa Mathieu, quand je rentre, elle sera occupée à pleurer corps et âme. J'en profite et j'affirme que c'était ça, la surprise, qu'en fait il ne l'aimait plus à cause de ses oreilles, qu'il avait préféré une de nos sœurs, et que donc il n'était pas venu au rendez-vous. Par exemple, je peux dire qu'il a préféré Juliette d'Airain, comme ça, c'est elle qui se fait tuer à ma place. » Oui, Mathieu jugeait cette solution judicieuse. Il se débarrassait non seulement de la haine de Juliette d'Or, mais en plus de sa petite sœur, trop intelligente, sans participer directement à son assassinat.

Mais la vérité lui apparut soudain, bien plus terrible que tout ce qu'il avait conçu jusque-là. Bien sûr, la comtesse s'était emparée du mot. Bien sûr, elle l'avait fait étudier savamment par le service des fraudes, qui en avait vu d'autres. Elle déposerait le mot dans un casier du dortoir des Prétendants. Alors, elle attendrait, à l'affût dans la tour des Nobles. Et avec un peu de malchance, elle surprendrait Juliette d'Or et son nigaud en flagrant délit d'amour courtois. Son père découvrirait tout, Juliette retournerait au manoir, Pierre serait renvoyé de l'Élite, l'amoureux de sa sœur également, Mathieu serait considéré comme l'unique responsable de cette catastrophe cyclopéenne, et il ne pourrait jamais entrer dans l'école. Sauf s'il jurait que Juliette l'avait forcé...

– Eh bien, Mathieu, quelle drôle de mine ! s'exclama M. Hidalf guilleret depuis le terme du repas. Nous allons pourtant t'acheter ton premier cheval !

– Papa, est-ce qu'une sœur a le droit de tuer son frère, si elle a une raison valable ?

M. Hidalf éclata de rire.

– Je te félicite ! Vraiment, je ne sais pas quoi dire ! Depuis que tu as dix ans, je ne te reconnais plus. Ton intervention au cours du repas était brillantissime, et tu as fait passer ce prétentieux Pompous pour un formidable crétin. Tu seras consul, mon fils !

Oubliant le billet disparu, Mathieu conclut que le hasard ferait son ouvrage, et il profita de la bonne humeur de son père pour l'entraîner dans la moitié des magasins farfelus de Soleil et le ruiner en toute légalité.

Les soupçons de Juliette d'Or

*

Ce ne fut qu'à son retour au château, en fin d'après-midi, que Mathieu Hidalf se rappela que Juliette allait le sacrifier sur l'autel de l'amour. La vie était décidément trop injuste. Il possédait enfin un recueil de contes horribles déconseillés aux enfants de moins de quatorze ans, que son père lui avait offert en secret. Et il allait pourtant devoir se faire tuer à cause de sa sœur qui s'était amourachée d'un imbécile !

Dans l'escalier de la tour des Nobles, malgré la nouvelle du conflit avec les six frères Estaffes, l'effervescence avait atteint son comble. Mathieu montait les marches avec raideur, estimant que chaque pas le rapprochait de l'échafaud ; le bourreau serait Mme la comtesse Dacourt, qui attendait sûrement au salon, le mot de Juliette entre les mains. Il ne remarqua même pas qu'il était épié par la moitié de la noblesse, qui, contrairement à M. Hidalf, commençait à croire qu'il avait peut-être décalé sa bêtise d'une journée.

Lorsque M. Hidalf ouvrit la porte du dixième appartement, Juliette d'Argent, Juliette d'Airain et Mme Hidalf contemplaient leur parure à la lumière de sept nymphettes du soleil. Mathieu courut s'enfermer dans sa chambre. Sans perdre une seconde, il se réfugia derrière son rempart vivant, Bougetou, qui ronflait avec trois de ses têtes. La dernière tête ne supportait pas les ronflements et fixait les trois autres d'un air à la fois épuisé et furieux. A *priori*, la comtesse n'était pas venue, jugea Mathieu. Le pire était donc évité... Peut-être qu'un inconnu avait pris possession du billet... Mais qui ? Louis Serra, sans doute. Ce mot n'avait pas dû lui plaire ! Ou M. Pompous, qui n'avait pas fait éclater le scandale, parce que son fils était secrètement amoureux de la grande Juliette !

Mathieu enfila avec application son pantalon le moins froissé, peigna ses cheveux et se mira dans une glace dix fois plus grande que lui. Il se trouva petit, relut le contrat qui l'autorisait à employer son cheval pour toute sorte d'usage, quoi qu'il advînt, dès le lendemain, et éprouva un curieux sentiment de bonheur. Oh oui... Il lui restait quelques minutes, quelques heures tout au plus pour réussir sa bêtise la plus incroyable. On attendait tant de monde ce soir-là au château qu'il avait fallu déployer deux fois plus de tables que d'habitude !

Lorsque sa mère l'appela, Mathieu sortit de sa chambre d'un pas déterminé, prêt à affronter son destin et sa sœur.

– Quelle élégance ! le félicita son père avec un sourire ému.

M. Hidalf ajouta aussitôt à l'adresse de sa femme :

– Il a tellement changé depuis son anniversaire...

– Oh, pas tant changé que ça, au fond, j'en suis sûre, répliqua Mme Hidalf en posant sur son fils un regard pénétrant.

– Où est Juliette d'Or ? intervint Mathieu.

– Je ne l'ai pas vue cet après-midi, affirma Mme Hidalf. Elle n'a pas quitté sa chambre.

Mathieu se raidit.

– Elle n'a pas quitté sa chambre ? répéta M. Hidalf comme s'il s'agissait d'un drame. J'espère tout de même qu'elle est prête !

– Elle est prête depuis ce matin, Rigor ! objecta sagement Mme Hidalf. N'as-tu pas vu comme elle s'est faite belle pour le roi ?

– Hum, fit M. Hidalf en guise de réponse.

Et il alla frapper à la chambre de sa fille. Mathieu avança jusqu'au couloir, le cœur battant. Personne ne répondit. M. Hidalf ouvrit la porte et s'arrêta net, avant de refermer aussitôt, pâle et muet.

– Que se passe-t-il ? s'écria Mathieu en se ruant vers la porte.

Il allait l'ouvrir lorsque son père l'arrêta.

– Allons, jeune homme ! Ta sœur se change encore, et nous sommes de trop, toi et moi, devant sa chambre.

Un moment plus tard, Juliette d'Or fit son entrée

dans le salon comme une princesse ; on aurait dit une femme, avec sa robe dorée, et toute la famille resta bouche bée. Elle était sans conteste la plus belle jeune fille qu'on eût jamais vue. Même M. Hidalf, malgré ses efforts, ne réussit pas à lui faire une réflexion désagréable.

Mathieu considérait sa sœur avec inquiétude, depuis les ballerines jusqu'aux pointes des cheveux lumineux, mais elle ne lui prêtait pas la moindre attention. Elle paraissait perchée sur un nuage d'amour. Il la suivit jusqu'à la bibliothèque, respira un grand coup et balbutia :

– Tu n'es pas trop triste ?

Juliette se pencha légèrement, et chuchota dans son oreille :

– Qu'il soit parti si tôt ? Oh non, je le reverrai sûrement ce soir !

Puis elle l'embrassa sur la joue avec un sourire discret, en ajoutant, encore plus bas :

– Merci, mon petit Mathieu. Je te revaudrai ça.

Et Mathieu, qui n'y comprenait rien, haussa les épaules. Un sourire immense se dessina sur ses lèvres. Pour une fois, le hasard avait bien fait les choses ! Il ne savait pas ce qui justifiait la bonne humeur de sa sœur, mais il s'en moquait éperdument.

– Tu as l'air songeur, remarqua Juliette d'Or.

– C'est que j'ai passé un très bel après-midi avec papa, expliqua Mathieu. Je dois réfléchir…
– *Réfléchir?*
Mathieu sembla légèrement hésitant.

– Normalement, fit-il, je devrais être en train de mettre le feu aux poudres, pour que ma bêtise s'accomplisse… Mais après tout, je me pose deux questions : d'abord, est-ce que papa la mérite vraiment ? Ensuite, est-ce que je tiens absolument à être puni jusqu'à mes dix-huit ans ?

En entendant cette déclaration, Juliette parut épouvantée. Elle écarquilla les yeux, et murmura d'un ton terrible, en pointant l'index sur le front de son frère :

– J'ai parié sur ta bêtise, Mathieu ! Nous comptons tous sur toi ! Bien sûr que papa la mérite ! Souviens-toi de tes deux ans de punition ! Deux ans emprisonné dans ta chambre, au sommet d'une tour lugubre !

Mathieu courut s'enfermer dans sa chambre, sans ajouter un mot.

*

Toutes les horloges du château sonnèrent en même temps, faisant légèrement vibrer la gigantesque tour de la Noblesse.

Le premier défi de Mathieu Hidalf

– C'est l'heure, annonça gravement M. Hidalf, qui ne croyait pas si bien dire.

Il prit fermement le bras de son épouse ravissante. Les trois Juliette passèrent une main dans leurs cheveux parfaitement lisses. La famille était prête. Un moment passa dans un silence confus.

– Quelque chose ne va pas, constata M. Hidalf en fronçant les sourcils.

Il se retourna, se mordit la lèvre et s'exclama en direction des trois Juliette :

– Mais où diable est votre frère ?

Les trois sœurs échangèrent un long regard.

– Je l'ai vu pour la dernière fois il y a une demi-heure, annonça enfin Juliette d'Or d'un ton mauvais. Il courait dans sa chambre, pour *réfléchir*.

M. Hidalf fit demi-tour d'un pas alerte.

– *Réfléchir !* répéta-t-il. Je crains le pire ! Il a dû profiter de notre crédulité pour organiser une catastrophe de dernière minute. Je savais que nous ne pourrions jamais lui faire confiance !

Il approchait déjà de la bibliothèque, d'un pas d'ogre affamé, lorsque Mathieu, très pâle, se présenta de lui-même au seuil du salon. Il tremblait de tous ses membres, ses yeux étaient légèrement rouges, il avait l'air dévoré par l'inquiétude.

– Que se passe-t-il ? gronda M. Hidalf. Tu vas nous mettre en retard ! En route...

Mathieu n'avait jamais paru plus hésitant ; les trois Juliette scrutèrent ses yeux noirs avec attention, comme si elles ne le reconnaissaient pas.

– Père…, commença-t-il d'une voix vibrante. Je dois vous parler tout de suite… J'ai compris beaucoup de choses pendant ce séjour… Nous avons passé un merveilleux après-midi, n'est-ce pas ?

– Tout à fait merveilleux, admit M. Hidalf. Nous en parlerons demain au manoir.

– Père…, reprit Mathieu de plus en plus pâle. Il faut que vous m'écoutiez *maintenant*… Je regrette… J'ai entrepris quelque chose… quelque chose de grave… Si vous ne faites rien, *elle* se réalisera ce soir…

– *Elle ?* De quoi parles-tu ? s'étrangla M. Hidalf en revenant sur ses pas.

Mathieu baissa les yeux, et lâcha entre ses dents serrées :

– De la pire bêtise que j'ai jamais faite…

M. Hidalf cessa de respirer, Mme Hidalf considéra son fils avec émotion, et les trois Juliette posèrent une main devant leur bouche, comme pour retenir un cri d'effroi.

CHAPITRE 8

La bêtise de Mathieu Hidalf n'aura pas lieu

M. Hidalf congédia avec une efficacité rare toutes les nymphettes hors de l'appartement, puis il expédia d'un tour de bras les trois Juliette dans la bibliothèque. Mme Hidalf, blême, se rapprocha de son mari, qui indiqua un fauteuil immense à son fils. Le salon n'était plus éclairé que par un chandelier d'or. On entendit la voix de Juliette d'Argent supplier : « Père, laissez-nous embrasser Mathieu une dernière fois ! » puis un silence effrayant tomba sur l'appartement obscur.

– Très bien, dit M. Hidalf, ferme et concentré. Mathieu, il te reste une chance de sauver ton enfance. Tu vas être concis, précis et morfondu. Je t'écoute.

Mathieu tremblait comme une feuille. Mme Hidalf ajouta d'une voix plus douce, pour le rassurer :

– Tu vas tout nous expliquer calmement. Et nous allons agir dans le plus grand secret, pour que personne ne sache que tu avais manigancé quelque chose. Je suis très fière de ton attitude.

– Hélas ! j'ai peur que ce ne soit pas possible…, répondit Mathieu d'un ton lugubre.

– Qu'est-ce qui n'est pas possible ? s'insurgea M. Hidalf.

– Que vous agissiez dans le plus grand secret… Il vous faudra prévenir les Élitiens, le vieil Armémon du Lac, le consul de Soleil, peut-être même la garde royale, si vous voulez empêcher ma bêtise de se réaliser…

M. Hidalf se pencha si brusquement qu'on entendit les Juliette sursauter derrière la porte de la bibliothèque.

– Par la barbe bleue d'Origan ! explosa-t-il. Je dois prévenir la moitié du royaume ? ! Mais qu'as-tu fait ? Qu'as-tu fait, fils indigne ?

Cette fois-ci, une réelle panique animait le visage de M. Hidalf. Mathieu s'enfonça dans son fauteuil, comme s'il redoutait d'en révéler davantage.

– Tu vas tout nous expliquer, tout de suite, répéta Mme Hidalf. Quelle est exactement la nature de ta bêtise ?

Mathieu inclina timidement la tête. Pendant une seconde, ses parents demeurèrent suspendus à ses lèvres. Alors, il murmura :

– Il y a plus d'un an, j'ai percé un immense secret...
Le Grand Busier...

En entendant nommer le roi, M. Hidalf ne put
s'empêcher d'ouvrir la bouche, mais aucune menace
n'en sortit.

– Le Grand Busier est tombé fou amoureux...,
soupira Mathieu. Depuis plusieurs mois, il est sous
le charme d'une bergère... Il l'épousera ce soir, ce
soir ou jamais...

Mme Hidalf se redressa, dubitative, et M. Hidalf
s'écria :

– Ce sont des fariboles ! Le roi refuse de se remarier et, s'il avait changé d'avis, je serais au courant...
Je suis tout de même un de ses plus proches confi-
dents !

– Malheureusement, non..., bredouilla Mathieu
de plus en plus hagard. Le roi tenait à rester discret... Il n'a averti *personne*. Hormis les Élitiens,
pour assurer la protection de la bergère... En retour,
les Élitiens ont prévenu les deux consuls les plus
puissants du royaume, sous le sceau du secret...

– Admettons, dit fermement Mme Hidalf. Le roi
a prévu de se remarier ce soir avec une bergère. Eh
bien, quelle est ta bêtise ?

Un bruit de dispute éclata derrière la porte de la
bibliothèque, et trois yeux se succédèrent rapidement devant le trou de la serrure. M. Hidalf retira

sa perruque, prêt à la mordre, et Mathieu dit avec une étrange lueur dans le regard :

– C'est très simple... J'ai fait en sorte que ce mariage n'ait jamais lieu...

*

M. Hidalf poussa un hurlement sonore en jetant sa perruque par une fenêtre.

– C'est bien ce que je craignais! s'effondra-t-il. Pourquoi? Pourquoi n'ai-je pas eu quatre filles!

– J'ai subtilisé le contrat de mariage..., précisa Mathieu, dont le regard s'illuminait davantage à chaque mot. Un contrat très spécial, père... Un contrat signé sur...

– ... *parchemin rouge...*, conclurent ensemble M. et Mme Hidalf, en échangeant un regard d'une rare gravité.

– Comme celui des frères Estaffes! chuchota Juliette d'Airain derrière la porte.

– Comment le savez-vous? s'étonna Mathieu, en dévisageant ses parents.

– Les mariages royaux sont toujours scellés sur parchemin rouge, balbutia Mme Hidalf.

Un silence de mort s'était abattu sur le salon. M. Hidalf sentait les ennuis poindre. Un parchemin rouge n'était pas une vulgaire feuille de papier et personne n'avait réussi à en déchirer un avant les frères Estaffes. Il s'agissait d'un document magique, rarissime et irrévocable, que seul le roi pouvait commander. Il fallait plusieurs semaines aux sorciers les plus compétents pour en confectionner un seul. La Constitution du royaume était entièrement rédigée sur ces mystérieux parchemins.

– Continue, ordonna Mme Hidalf, qui avait perdu sa douceur.

– Je ne me suis pas rendu compte..., prétendit Mathieu. Si ce soir le parchemin rouge n'est pas signé par la bergère, le mariage n'aura jamais lieu. Il sera *juridiquement* trop tard.

– Je n'y comprends rien ! s'emporta M. Hidalf. C'est insensé ! Je sais que le roi n'a pas toujours toute sa tête et se moque du protocole, mais comment peut-il ignorer que le contrat de mariage a été volé ? Il n'a donc *jamais* rencontré sa bergère ?

– C'est pire que ça..., balbutia Mathieu. Non seulement le roi ne lui a jamais parlé, mais, à cause de moi, la bergère ne sait même pas qu'il veut l'épouser... J'ai intercepté le parchemin avant qu'elle le reçoive. Le roi lui a donné un an pour formuler sa réponse et se présenter à la cour. Si elle ne vient pas ce soir, tout est perdu...

– Très bien, Emma, dit froidement M. Hidalf à son épouse, passons chez notre banquier, vendons le manoir, abandonnons les enfants et réfugions-nous dans une province éloignée du royaume.

– Un moment, intervint Mme Hidalf avec autorité. Mathieu, en somme, il suffit de trouver cette bergère ce soir, de lui présenter la requête du roi, et de lui faire signer le parchemin rouge que tu as, j'espère, précieusement conservé… Si elle accepte, tout rentrera dans l'ordre, n'est-ce pas ?

Le silence de Mathieu fut si éloquent que toute la famille comprit qu'elle n'était pas au bout de ses peines.

– Il a fait pire…, chuchota la voix surexcitée de Juliette d'Airain derrière la porte.

– Nom de nom…, bafouilla M. Hidalf, saisi d'un mauvais pressentiment. Mathieu, ne me dis pas que tu… que tu as… Ne me dis pas que tu as osé…

– J'ai osé, père, acheva simplement Mathieu.

M. Hidalf tomba raide dans un fauteuil que Mme Hidalf avait eu soin de disposer derrière lui.

– Osé quoi ? intervint-elle, agacée. Je ne comprends pas…

– Le parchemin rouge ne mentionnait pas le nom de la bergère…, expliqua Mathieu, les yeux baissés. Alors… comme je n'avais qu'à ajouter un nom… je l'ai fait signer… par… par… par quelqu'un d'autre…

– Nous sommes perdus ! se lamenta M. Hidalf. Les parchemins rouges sont magiques et irrévocables ! *Irrévocables !* Le roi ne dispose que de douze heures, après la validation d'un contrat, pour l'annuler… Autrement dit, s'il n'annule pas le contrat de mariage que Mathieu a fait signer à une inconnue, il sera *marié* à tout jamais à cette personne ! Mathieu aura non seulement privé le roi de la bergère qu'il aimait, mais en plus il l'aura marié… à… à… Oh, nom de nom ! s'épouvanta M. Hidalf. À QUI, Mathieu ? rugit-il. À qui as-tu marié le roi ?

– Sûrement à moi ! s'exclama Juliette d'Or derrière la porte.

Mathieu sortit de sa chemise son album de l'école, détrempé depuis la veille au soir. Il tira de la dernière page un parchemin écarlate. M. Hidalf le saisit en arborant la pire grimace de sa vie. Il était écrit en encre d'or :

Moi, Abélard, souverain du royaume astrien, épouserai celle qui signera ce parchemin rouge avant un an. Si dans un an ce parchemin n'est pas signé, je resterai veuf à tout jamais.

En contrôlant les signatures, M. Hidalf n'eut pas la force de pousser un nouveau cri. Son visage se décomposa. Il venait de reconnaître l'écriture élégante de sa propre mère, Héloïse Hidalf, décédée huit mois plus tôt. Il n'eut pas l'énergie de relever la tête.

*

– Il a marié ma mère défunte au roi..., balbutia le sous-consul à bout de forces. Quelle humiliation sans pareille ! Il est évident que personne ne croira que Mathieu a tout organisé. Je serai jugé pour haute trahison, décapité, noyé et pendu voire pire : destitué ! Le nom des Hidalf n'attendait que mon fils pour cesser d'étinceler au sommet de la noblesse darnoise... Six siècles de prestige réduits à néant par un enfant de dix ans !

– Si nous ne faisons rien, nous deviendrons les seuls héritiers du roi ! riposta Juliette d'Or depuis la bibliothèque.

Mme Hidalf elle-même se laissa choir, sans réaction, dans un fauteuil. La situation semblait irrattrapable, lorsque Mathieu se redressa brusquement.

– Très bien ! annonça-t-il avec fermeté.

Sa mère le dévisagea avec étonnement. Il n'y avait plus aucune trace d'inquiétude dans son expression. Il n'avait même jamais paru si déterminé.

– Père, le temps presse, dit Mathieu. J'ai mené ce complot de A à Z. Je sais aussi comment le déjouer.

Si vous suivez mes instructions, nous sommes sauvés.

Inexpressif, M. Hidalf contemplait ses bottes neuves.

– Pour grand-mère, j'ai commis une erreur de débutant, affirma Mathieu. Un parchemin rouge ne peut être signé que par la fameuse plume rouge qui l'accompagne. Je ne le savais pas à l'époque, et, par conséquent, la signature de grand-mère n'a aucune valeur. La preuve !

Mathieu saisit le contrat de mariage et le déchira d'un grand geste. Deux lambeaux tombèrent sur le sol, sans opposer la moindre résistance.

– Un parchemin rouge en règle est *indéchirable*, commenta M. Hidalf en reprenant des couleurs.

– En effet, admit Mathieu. La situation est moins désespérée qu'elle n'en a l'air. Il est encore possible que tout rentre dans l'ordre. Il suffit de trouver la bergère avant minuit. Le gros problème, c'est qu'en faisant signer le contrat à grand-mère sans la plume rouge je l'ai rendu invalide. Autrement dit, il faut que nous nous procurions un *nouveau* parchemin rouge, signé du roi. Nous recopions les termes du contrat. Nous le faisons signer à la bergère avec la plume rouge. Et le tour est joué. Le Grand Busier ne saura jamais que son mariage a failli tourner au fiasco !

La bêtise de Mathieu Hidalf n'aura pas lieu

Les choses allaient un peu vite pour M. Hidalf, qui objecta avec un soupir :

– Hélas ! le parchemin rouge se fait sur commande... Nous n'en aurons pas avant plusieurs semaines... Et qui plus est, le roi devra le signer à nouveau... Il saura qu'il s'est passé quelque chose... Nous sommes perdus !

– C'est là que vous vous trompez, père ! s'écria Mathieu dont le cœur battait plus vite que jamais. Je sais, de source sûre, que les consuls de Soleil et de Darnar disposent, en cas de crise, d'un parchemin rouge vierge, déjà signé par le roi. Maître Magimel me l'a dit lui-même !

– C'est vrai ! se ressaisit M. Hidalf. Le consul de Darnar m'a parlé de cet unique parchemin, signé en blanc par le roi. Si je parviens à convaincre les consuls de nous le remettre, le pire sera évité... Et ils accepteront sans doute, puisqu'ils sont au courant du mariage du roi, n'est-ce pas ?

– Parfaitement ! rugit victorieusement Mathieu. Vous avez tout compris, père ! Les Élitiens ont averti les consuls... Mais il faudra aussi trouver la bergère...

– Et ce ne sera pas compliqué, dit une voix ferme derrière la famille Hidalf.

La porte de l'appartement venait de s'ouvrir. Mathieu serra ses deux mains l'une dans l'autre pour les empêcher de trembler. L'Élitien Robin Tilleul, intimidant dans son uniforme, venait de pénétrer dans l'appartement n° 10. Il avait l'air furieux.

– Je suis ici sur ordre de Louis Serra, dit-il d'une voix rauque. Nous avons appris hier soir que le parchemin rouge qui faisait office de demande de mariage n'avait jamais été remis à la bergère. Et nous vous avons aussitôt soupçonné, Mathieu Hidalf, de vous être ingéré dans les affaires du royaume.

– Comment avez-vous su ? demanda faiblement Mathieu.

– En apprenant la rupture du Serment rouge, le roi nous a priés de placer la bergère sous protection élitienne. C'est alors que nous avons appris qu'elle ignorait complètement les intentions de Sa Majesté.

– Et vous l'avez ramenée au château, n'est-ce pas ? intervint M. Hidalf.

– Oui. La future reine patiente dans l'antichambre de l'archiduc de Darnar. M. Hidalf, si vous voulez bien, accompagnez-moi auprès des consuls. Nous allons récupérer le fameux parchemin rouge qu'ils conservent en cas de crise, avant qu'il ne soit trop tard.

M. Hidalf acquiesça gravement. Il jeta à Mathieu un dernier regard, mêlé de colère et de soulagement, puis il s'engouffra dans l'escalier.

La bêtise de Mathieu Hidalf n'aura pas lieu

*

Lorsque l'ombre du sous-consul disparut, Mathieu se tourna tristement vers sa mère. La porte de la bibliothèque s'ouvrit en grand et les trois Juliette accoururent, Bougetou à leur tête, qui aboyait à se rompre le cou.

– Nous l'avons libéré au cas où papa t'aurait condamné à mort, expliqua Juliette d'Argent.

– Pourquoi as-tu tout révélé ? rugit Juliette d'Or en menaçant son frère de l'index. Cette bêtise était ton chef-d'œuvre ! Nous serions devenus les héritiers du trône !

– Assez ! s'écria Mme Hidalf avec une colère soudaine. Mathieu, tu as dépassé toutes les bornes.

La fratrie Hidalf se tut, stupéfaite.

– En route, reprit sèchement Mme Hidalf. Nous allons manquer le discours du Grand Busier et notre absence doit être remarquée.

– J'ai avoué ma bêtise, laissez-moi au moins ne pas assister au mariage du roi ! protesta Mathieu. Je vais ruiner tous ceux qui ont parié que je ferais pire que le jour de mes huit ans !

– Et tu en assumeras les conséquences, conclut froidement Mme Hidalf. Tu viens avec nous, un point, c'est tout.

Le premier défi de Mathieu Hidalf

Elle franchit la porte la première. Juliette d'Airain, restée silencieuse jusque-là, chuchota à son frère :

– Le parchemin rouge caché dans ton album de l'école était détrempé...

– Oui, et alors ? Je lisais mon album dans la baignoire et le parchemin a glissé...

– Et alors..., reprit sa sœur lentement, avec un sourire mystérieux, maître Magimel m'a appris qu'un *vrai* parchemin rouge ne peut pas avoir de tache, n'est-ce pas ? Tu leur as donné un faux document !

Mathieu esquissa un sourire fulgurant, qui disparut aussitôt derrière une expression impassible.

– Quant à Robin Tilleul, poursuivit sa sœur en plissant les yeux, les branches de son arbre, sur l'uniforme, penchaient vers le bas et commençaient à noircir. Ce qui signifie que cet uniforme n'est pas le sien...

– S'il s'est trompé dans sa garde-robe, je n'y suis pour rien, chuchota Mathieu en adressant un regard pétillant à sa sœur.

Lorsque sa mère lui jeta un coup d'œil soupçonneux par-dessus son épaule, il avait de nouveau une mine d'enterrement.

*

La bêtise de Mathieu Hidalf n'aura pas lieu

L'escalier de la tour de la Noblesse était vide depuis longtemps. Arrivée devant l'appartement de l'archiduc de Darnar, Mme Hidalf s'arrêta avec une curiosité que sa colère n'effaçait pas complètement. La porte s'ouvrit en grand et l'immense Robin Tilleul, dont l'arbre cousu sur l'uniforme s'assombrissait à vue d'œil, passa devant la famille Hidalf en courant. Il cria en guise d'explication : « Je suis pressé ! » et rata une marche sous le regard intrigué de Mme Hidalf.

Les Juliette et Mathieu étaient captivés par l'appartement de l'archiduc. Une seule nymphette éclairait gravement leur père et les consuls de Darnar et de Soleil, lugubres dans leur habit d'apparat. Entre les trois hommes immobiles comme des statues de cire, une femme enveloppée dans une grande cape noire, au visage enfoui sous un capuchon, était penchée au-dessus d'une table. Un silence respectueux se fit. Il s'agissait de la future reine. Elle leva la plume rouge des consuls en l'air et signa avec une lenteur inquiétante un parchemin brillant comme un rubis. Mathieu reconnut un parchemin rouge en bonne et due forme. La signature de la reine étincela un instant. Les consuls et M. Hidalf s'inclinèrent.

Sans un mot, la bergère rangea le document dans

les méandres de sa cape, et passa devant Mathieu et les Juliette sans leur prêter la moindre attention. La fratrie fut traversée d'un frisson mystérieux lorsque la cape noire les frôla. Ils épièrent la silhouette, aussitôt suivie des consuls de Darnar et de Soleil, qui bousculèrent Mathieu en le croisant.

– Je me demande à quoi ressemble cette bergère, songea Juliette d'Or.

– Elle doit être incroyablement savante, pressentit Juliette d'Airain.

– Elle doit être magnifique, supposa Juliette d'Argent.

– Je suis même certain que c'est la plus belle jeune femme du royaume ! intervint Mathieu.

Juliette d'Or pâlit brusquement en portant une main à sa gorge, tandis que M. Hidalf quittait à son tour le salon, du pas d'un homme qui vient d'échapper à une mort certaine et humiliante.

– Nous sommes sauvés, je crois ! soupira-t-il. Le mariage est signé et irrévocable. Les consuls avaient été prévenus par cet Élitien, Robin Tilleul, notre sauveur !

– En route, s'empressa Mathieu. Nous allons manquer les noces !

*

La bêtise de Mathieu Hidalf n'aura pas lieu

Lorsque les Hidalf firent leur entrée dans la cour intérieure du château, l'agitation était telle que personne ne les remarqua. En effet, quatre queues gigantesques s'étaient formées aux angles de la place, et semblaient ameuter les visiteurs.

– Ce sont les vendeurs de *L'Astre du jour* qui attirent tout le monde, remarqua M. Hidalf en se dressant sur la pointe des pieds. Il a dû arriver quelque chose de grave... Peut-être que Louis Serra...

Il ne finit pas sa phrase, interrompu par plusieurs vendeurs qui criaient au loin :

– Édition spéciale ! *La bêtise de Mathieu Hidalf n'aura pas lieu !*

Un frémissement courut le long de la nuque de Mathieu.

– Qu'est-ce que c'est que ça ? bredouilla M. Hidalf sans oser y croire.

– *Le sous-consul de Darnar triomphe de son fils !* cria une deuxième vague de vendeurs.

Trépidant, illuminé, sublime, M. Hidalf fendit la foule avec un sourire béat et acheta quatre cents exemplaires du quotidien d'une seule poignée de pièces d'or. Sur son chemin, le sous-consul donnait des tapes dans le dos des passants, riait aux éclats avec des Solélins, et fit même l'aumône à un mendiant qui courut s'acheter un hôtel particulier sur la côte darnoise. M. Hidalf resurgit auprès de sa famille, masqué par la pile de journaux. Mme Hidalf s'empara de l'un d'eux. L'article ne disait rien de formel à propos du contenu de la bêtise de Mathieu. Il expliquait seulement que M. Hidalf avait vaillamment poussé son fils aux aveux, pour l'empêcher de provoquer une catastrophe.

Lorsque Mathieu s'apprêta à suivre son père, parti s'asseoir, sa petite sœur et sa mère lui barrèrent la route d'un regard insondable.

– Qu'y a-t-il? demanda Mathieu en fronçant les sourcils.

– Personne ne sait que tu as avoué ta bêtise, répondit Juliette d'Airain d'un air soupçonneux. Qui l'a annoncé à *L'Astre du jour*?

Pendant une seconde, Mathieu ne sut pas quoi répondre, ce qui fit frémir sa mère, car ce genre de silence était bien rare.

– C'est peut-être l'archiduc de Darnar! dit enfin Mathieu. Pourquoi me serais-je humilié moi-même?

– Pourquoi, je ne le sais pas, admit Mme Hidalf avec une fermeté rare. Ce que je sais néanmoins, c'est qu'il faut plusieurs heures pour imprimer des milliers d'exemplaires... Celui qui a révélé tes aveux les a donc annoncés avant que tu ne les fasses... Étrange, non?

– Je dirais même plus, très étrange, reconnut Mathieu. C'est un vrai scandale!

Sa mère n'eut pas le loisir de répondre. Le Grand Busier, sombre comme une nuit d'hiver, s'était levé ; un grand silence se fit autour de lui. Un exemplaire du quotidien astrien était posé sous ses yeux. Mais le roi ne lui avait pas accordé un regard. À ses côtés, un fauteuil vide captivait l'attention de la cour.

– À l'heure où je vous parle, commença le souverain avec un frémissement dans la voix, Louis Serra est menacé de mort...

Les trois Juliette ouvrirent de grands yeux, et Mathieu prit la main de sa mère.

– Les frères Estaffes, dont le nom est tristement légendaire, ont réussi l'impossible en rompant un serment irrévocable. Un serment prononcé il y a plus de dix ans... Peu importe comment ils ont procédé. Le fait est que le parchemin s'est déchiré, hier soir... Où sont les six frères, nous l'ignorons. Ce qu'ils projettent, nous n'en savons rien pour le moment. Mais ils s'introduiront bientôt dans le royaume, je n'ai aucun doute à ce sujet. J'ai personnellement, et longuement, insisté auprès de Louis Serra pour qu'il demeure enfermé dans l'Élite, ce soir, demain et jusqu'à ce que sa sécurité soit organisée. Comme vous le voyez, son fauteuil est vide...

Le ton du roi se mêla d'admiration et d'inquiétude, lorsqu'il ajouta fortement :

– Louis Serra a pourtant refusé mes recommandations. Son fauteuil est vide, parce qu'il est déjà en mission. Je lève mon verre à sa santé, et à celle de tous les Élitiens.

Un millier de verres scintillèrent sous le ciel nocturne. Mais avant que quiconque ait pu y tremper ses lèvres, un effroi soudain figea l'assemblée. Un nuage étincelant se formait dans le ciel noir. Il s'agissait d'une pluie de nymphettes argentées, les plus rares du royaume. Mais la plupart des convives les connaissaient mieux sous le nom de *nymphettes du silence*. Elles ne quittaient leur sommeil qu'en trois occasions de la vie d'un roi : sa naissance, son mariage et sa mort. On prétendait également qu'elles s'éveillaient lorsqu'un Élitien au cœur irréprochable perdait la vie.

Une ombre terrible se fit sur tous les visages. Les Élitiens échangèrent un regard interrogateur. Le temps parut s'arrêter. Seule la famille Hidalf souriait au milieu de la noblesse interdite.

*

La nuée tourbillonna avant de se stabiliser au-dessus d'une gigantesque porte. Les consuls de Soleil et de Darnar apparurent dans leurs plus beaux habits. Entre les deux consuls poudrés comme le nez de Juliette d'Or, la silhouette mystérieuse d'une femme se rapprochait lentement du trône. M. Hidalf affecta un sourire satisfait, la cour reprit peu à peu des couleurs, et le mot «mariage» glissa lentement de bouche en bouche. Le Grand Busier avait donc fini par se laisser convaincre, et M. Hidalf, par son air assuré, ne manquait pas de faire comprendre qu'il avait joué un rôle déterminant dans cette affaire.

On n'entendait plus un bruit dans le château, hormis les aboiements de Bougetou dans la tour de la Noblesse. Chacun épiait la future épouse avec émotion et curiosité.

– Sire, dit le consul de Soleil lorsqu'il fut parvenu devant le trône, il a été fait selon votre volonté.

Mais le Grand Busier, les yeux rivés sur le siège vide de Louis Serra, ne réagit pas. Alors, la bergère leva son bras ganté au-dessus de son capuchon, prête à dévoiler son visage. De son fauteuil, Juliette d'Or la scrutait en serrant la main de son père, redoutant de n'être plus que la deuxième plus belle jeune fille du royaume. La respiration des invités se bloqua. La comtesse Dacourt elle-même ne pouvait dissimuler son intérêt. Seul un éclat de rire retentit au loin, comme une fausse note : il émanait du clan de l'archiduc de Darnar. Enfin, la bergère abaissa son capuchon.

Juliette d'Or écarquilla les yeux, son père lui

broya les doigts, et un murmure indistinct s'éleva dans l'assemblée. Bougetou redoubla ses aboiements et Mathieu Hidalf se leva discrètement, pour se réfugier à l'autre bout de la place. Les nymphettes elles-mêmes cessèrent un moment de battre des ailes. Le rire de l'archiduc retentit à nouveau, comme un coup de tonnerre : la reine n'avait rien d'une bergère, rien d'une jeune fille charmante, rien d'une mariée.

Elle paraissait plus âgée que maître Magimel, mais elle était bien plus effrayante. Ses yeux bleus étincelaient d'une cruauté terrifiante, et un sourire, un sourire terrible illumina son visage, révélant une bouche noire comme un gouffre. Il en fallait beaucoup pour faire perdre au Grand Busier son sang-froid. Mais pour le faire rougir, il fallait bien plus encore. Pourtant, le roi fit un pas de recul, plus rouge que M. Hidalf. Il paraissait avoir rajeuni de vingt ans, lorsqu'il balbutia :

– Qui… Qui est cette femme ?

Le vieil Armémon s'avança dignement. Ses sourcils se froncèrent lorsqu'il annonça d'un ton sec :

– C'est une *catastrophe*, Majesté.

Le Grand Busier n'avait jamais entendu le consul de Darnar prononcer le mot de « catastrophe » avant ce jour. Armémon du Lac respira profondément, puis reprit d'une voix lente :

La bêtise de Mathieu Hidalf n'aura pas lieu

– De toute évidence, Majesté, Mathieu Hidalf a substitué cette femme à la bergère que vous souhaitiez épouser.

Le nom de Mathieu Hidalf fut répété mille fois par la foule, parcourue d'un irrépressible frisson. La noblesse commençait vaguement à comprendre que tout cela avait un rapport avec sa bêtise. Le roi semblait pour sa part avoir retrouvé tout son calme. Il secoua la tête ; un éclair fulgurant traversa ses yeux noirs.

– Je n'ai *jamais* demandé la main de qui que ce soit, assena-t-il.

Un cri surpassa tous les autres ; celui de M. Hidalf, assommé, stupéfié, presque mort. Les trois Juliette poussèrent ensemble une exclamation émerveillée. Et pour la première fois de sa vie, Armémon du Lac lui-même parut effaré, lorsqu'il bredouilla :

– Ss... Si... Sire... c'est une *énorme* catastrophe.

Le roi parcourut la cour du regard, à la recherche de Mathieu, qu'il ne put repérer. Alors, il considéra la vieille femme qui attendait patiemment, un sourire figé aux lèvres.

– Qui êtes-vous ? demanda-t-il avec un calme incroyable.

Ce ne fut pas la mariée qui répondit, mais le mage Bergamote, assis à quelques chaises du roi.

– Sire, dit-il en s'inclinant, cette femme est la sorcière Proserpine. Il faut la traiter avec considération.

À ce nom, une tempête s'abattit sur la cour. Proserpine était aussi célèbre que Stadir Origan, mais beaucoup moins pour les services qu'elle avait rendus à la Couronne qu'en raison des sombres rumeurs qui couraient sur son compte. On prétendait qu'elle maîtrisait un redoutable sortilège de sommeil de mort, et qu'elle était capable d'endormir à tout jamais un royaume entier. Le roi inclina brièvement la tête en direction de la sorcière, en jetant un nouveau coup d'œil au fauteuil vide de Louis Serra.

– Vous devriez être heureux, dit Proserpine en levant une main squelettique vers le roi. Les gentillets frères Estaffes, qui font pleurer vos Élitiens à la tombée du soir, n'ont jamais osé franchir le seuil de ma chaumière, de peur de ne pas la quitter aussi nombreux qu'ils y seraient venus. Quand nous serons mariés, je vous protégerai d'eux.

– Nous ne serons pas mariés, madame, répliqua le roi.

L'ombre d'un sourire éclaira son visage lorsqu'il ajouta :

– La menace d'un sommeil de mort ne peut pas contraindre un roi à vous épouser.

– Un sommeil de mort, peut-être pas, admit la vieille femme en se voûtant pour saisir quelque chose dans sa cape. Mais un parchemin rouge, *si*.

Et elle brandit le parchemin couleur rubis, tandis que M. Hidalf poussait un ultime hurlement.

Le regard du Grand Busier s'assombrit.

– Ce document est un faux, soupira-t-il. Mathieu Hidalf vous a trompée, Proserpine.

– Non, répliqua une voix si autoritaire que le roi recula d'un pas.

Le consul de Darnar était inébranlable lorsqu'il précisa :

– La signature de Sa Majesté est absolument authentique. Et j'ai écrit moi-même l'article qui la précède. Ce document est donc irrévocable. Conformément à la Constitution, vous disposez, sire, de douze heures pour annuler votre mariage.

*

Sur ces mots, Armémon du Lac commença son dîner, comme si de rien n'était. Le Grand Busier, cette fois-ci, ne contint son effroi qu'au prix d'un gigantesque effort. Il s'empara du parchemin rouge qu'il s'efforça, en vain, de déchirer. Alors, il se tourna vers le mage Bergamote et s'écria en cédant complètement à la panique :

– Votre bêtisomètre devait empêcher ce genre de choses d'arriver !

– Je suppose que la bêtise était trop énorme, se défendit le mage Bergamote. Mathieu Hidalf aurait été transformé à vie, je n'avais pas prévu qu'il faudrait déployer un tel maléfice !

Le roi serra le poing, en faisant face à la sorcière Proserpine.

– Très bien, dit-il. Négocions. Quelles sont vos conditions, à vous et à Mathieu Hidalf ?

Mathieu sourit victorieusement depuis sa cachette.

– Il n'y a pas de conditions, répondit Proserpine avec le même sourire. Vous serez mon époux ce soir et à tout jamais.

Ceux qui se plaignaient de l'ordinaire indifférence du roi n'en crurent ni leurs yeux ni leurs oreilles.

– Trouvez Louis Serra ! hurla le souverain. Trouvez-le où qu'il soit ! Et faites rechercher maître Barjaut Magimel et Stadir Origan ! Nous avons *douze heures* pour...

Le Grand Busier s'interrompit au milieu de sa phrase. Une nymphette argentée venait de se poser devant son trône. Le ciel commença alors à clignoter mystérieusement. La clarté diminua. Un bâillement général retentit comme le souffle d'une tempête. En moins d'une seconde, toutes les nymphettes piquèrent du nez en plein vol. La cour fut plongée dans les ténèbres.

– Il n'y aura pas de divorce, sire, annonça Proserpine en fixant le Grand Busier droit dans les yeux. Le délai aura expiré depuis longtemps lorsque vous vous réveillerez.

Un long frisson parcourut les tables noyées dans l'ombre. Alors, un reporter robuste, du gabarit de Robin Tilleul, cria au loin :

– À paraître ! *Mathieu Hidalf marie le roi à la sorcière Proserpine !* Disponible dès le réveil du royaume ! Dix mille exemplaires imprimés !

Et le nom de Mathieu courut de bouche en bouche, de plus en plus faiblement, à mesure que les forces des convives s'amenuisaient. M. Hidalf se leva, raide comme un chêne. Il avança à grands pas outragés en direction de son fils qui se balançait comme un roseau à l'autre bout de la cour. Mais alors qu'il approchait, ses jambes ralentirent, comme sous l'effet d'un sortilège. Ses yeux parurent brusquement gagnés par le sommeil. Il fit un dernier pas, porté par sa colère, puis s'affaissa lentement, ses bottes neuves trempant dans un ruisseau qui traversait la place. Les vieillards tombèrent les premiers, le front dans leur assiette, leur perruque poudrée glissant sur la table. Les dames s'assoupirent dans un cliquetis de bijoux. Les trois Juliette dodelinèrent de la tête, tandis que, dans la tour de la Noblesse, la quatrième gueule de Bougetou, qui ne supportait pas les ronflements des trois autres, s'endormait enfin dans un grognement béat. Le roi apaisé s'effondra sur son trône. Dans tout le royaume, il n'était plus d'adultes ni d'enfants qui veillaient. Le vent lui-même sembla s'essouffler. Les boulangers tombèrent dans leur farine, les cuisiniers dans leurs fours heureusement éteints, les cavaliers de la selle de leur cheval, les oiseaux des branches de leur arbre. En un mot, jamais château royal n'avait été figé dans un silence si effrayant.

CHAPITRE 9

Le châtiment de Mathieu Hidalf

Lorsque Mathieu Hidalf cligna des yeux, il était le seul convive éveillé dans toute la cour. Un sourire éclaira son visage. Dans la nuit presque complète, Proserpine se dressait au loin. Le cœur battant, Mathieu sortit le recueil de contes que lui avait offert son père dans l'après-midi, et courut à la rencontre de la reine effroyable. Les yeux bleus luisaient dans l'obscurité. Elle se recroquevilla légèrement, épuisée.

– C'est donc vous…, dit-elle d'une voix lugubre, en dévisageant Mathieu.

– C'est donc *vous*, vous voulez dire ! répliqua Mathieu émerveillé. *La grand-mère édentée !* La conteuse la plus célèbre du royaume !

Mathieu tendit son exemplaire d'une main tremblante. La sorcière arracha une plume à un chapeau, la trempa dans un verre de vin et signa l'exemplaire de Mathieu. Depuis un siècle qu'elle ne quittait plus sa chaumière, la redoutable sorcière Proserpine s'était rendue célèbre sous le pseudonyme de « grand-mère édentée ». Au cœur d'une forêt impénétrable, elle avait recueilli puis rédigé la plupart des contes de fées maléfiques que Mathieu avait lus ou entendus dans sa vie. Lorsqu'il avait fallu trouver une épouse pour le roi, Mathieu avait aussitôt pensé à l'illustre conteuse. Il n'avait découvert que plus tard qu'elle ne faisait qu'une avec une vieille sorcière oubliée, connue sous le nom de Proserpine.

– J'ai beaucoup d'imagination, commença la sorcière. Je reconnais pourtant avoir douté que vous puissiez vous procurer un parchemin rouge authentique, Mathieu Hidalf.

Ce compliment, venant de la personne qu'il admirait le plus au monde après Louis Serra, toucha Mathieu droit au cœur. Il bomba le torse en répondant :

– Pour la première fois, j'ai bien cru moi aussi que j'échouerais… Les meilleurs cambrioleurs du royaume eux-mêmes m'ont tout de suite affirmé que ce vol-là n'était pas à leur portée ! Mon réseau de nobles corrompus ne m'a été d'aucune utilité… Je m'apprêtais à abandonner lorsque, presque par hasard, j'ai appris de maître Magimel qu'il existait un parchemin rouge unique… Un parchemin vierge, mais, chose incroyable ! déjà signé de la main du roi... Quelle imprudence ! Surveillé nuit et jour, ce parchemin était censé ne servir qu'en cas de crise... Et seuls les consuls de Darnar et de Soleil y avaient accès... J'ai réfléchi de longues semaines. J'ai fait jouer toutes mes relations sans le moindre succès. Personne ne savait comment se le procurer... C'est alors que j'ai eu *ma* grande idée... La plus illustre de ma carrière, je dois dire ! Je n'étais pas de taille à m'emparer moi-même d'un parchemin de cette valeur, il fallait bien l'admettre. Mais mon père, lui, en était capable... s'il croyait absolument qu'il devait se le procurer. Il y a quelques semaines, la solution m'est apparue. Mon reporter attitré à *L'Astre du jour*, Olivier Tilleul, a réussi à venir au manoir pour une interview exclusive. Dès que je l'ai vu, j'ai compris qu'il représentait la seule chance de réussite... Il est le frère jumeau de l'Élitien Robin Tilleul. Il m'a dit qu'il était prêt à lui subtiliser son uniforme une ou deux fois, en échange d'un scoop et d'une forte somme. Les consuls n'auraient jamais cru mon père sans un appui insoupçonnable. Et personne ne doute d'un Élitien... Tous les exemplaires de *L'Astre du jour*, y compris ceux qui annoncent le mariage du roi, sont imprimés depuis plus d'une semaine ! Heureusement pour moi, ma mère et mon père n'ont pas la perspicacité de ma petite sœur. Je crois qu'elle avait presque tout compris...

Le premier défi de Mathieu Hidalf

La grand-mère édentée plongea son regard bleu dans celui de Mathieu. Il n'avait guère eu de difficulté à la convaincre d'épouser le roi. Elle avait accepté le jour même de la proposition, avec une hâte que Mathieu avait trouvée surprenante. C'est lui qui avait dû insister pour lui offrir une contrepartie. Il avait longuement correspondu avec maître Magimel pour assurer la retraite et l'indépendance de la vieille conteuse.

– Passons à présent aux choses sérieuses, dit-il fièrement. Maître Barjaut Magimel est ravi de vous rencontrer. Il a consulté vos anciens éditeurs, qui ne vous ont jamais donné la moindre pièce d'or pour les milliers de contes qu'ils ont vendus sans votre accord. Il dit que le procès sera un jeu d'enfant, et quand maître Magimel dit qu'un procès est dans la poche, il sait de quoi il parle ! Il vous attend au manoir Hidalf pour discuter des conditions cette nuit même, comme vous me l'avez demandé.

La sorcière ferma une seconde ses yeux effrayants, et poussa un soupir indescriptible.

– Bien, dit-elle. J'irai voir le vieux Barjaut Magimel. Puis je retournerai comme convenu dans ma chaumière, et je laisserai le roi se décarcasser pour annuler le mariage. Vous n'avez pas peur de ses représailles ?

– Non, admit Mathieu. J'ai une solide défense.

Néanmoins, puis-je vous demander une faveur ? Je sais que vous avez prévu d'endormir le royaume jusqu'à demain matin. Serait-il plutôt possible qu'il dorme au moins un an ? Je vous jure que je ferai un bon usage de cette année ! ajouta Mathieu en joignant les mains d'un air suppliant.

– C'est hors de question, Mathieu Hidalf, répliqua-t-elle durement.

– Hélas ! la cause dure toujours beaucoup moins longtemps que les conséquences…, grommela Mathieu, légèrement contrarié. Si je puis me permettre, comment allez-vous vous y prendre pour rejoindre le manoir Hidalf et discuter avec maître Magimel en *une seule* nuit ?

En guise de réponse, la sorcière se tourna vers Stadir Origan, surgi de nulle part, qui les observait sans doute depuis un long moment.

– Chère grand-mère édentée, dit aimablement le sorcier, ou plutôt devrais-je dire Votre Majesté, si vous voulez bien vous donner la peine de me suivre, nous irons jusqu'au manoir Hidalf pour préparer votre procès.

– Vous vous connaissez ? s'étonna Mathieu.

Le sorcier emmena la reine au petit ruisseau qui serpentait entre les tables, et y plongea le pied. Ils disparurent aussitôt.

– Attendez ! s'écria Mathieu. J'ai oublié le plus

important ! Est-ce que les Helios tombent amoureux, oui ou non ?

Lorsque Mathieu se pencha au-dessus de l'eau, il ne vit que deux poissons endormis. Il poussa un profond soupir. La grand-mère édentée avait écrit plusieurs histoires d'Helios dont s'inspirait Mme Hidalf. Elle aurait sûrement pu donner une réponse formelle à Mathieu. Il releva la tête. Le royaume entier ronflait à corps perdu.

Après avoir embrassé sa mère assoupie, Mathieu entra dans le château en chantant des chansons de garçon d'écurie. Il fit un détour victorieux par le vestibule de l'Élite. Malgré la Grille épineuse et leur uniforme, les enfants s'étaient endormis sous l'Arbre doré rayonnant. Plongé dans la lecture d'un énorme volume, Pierre, sérieux jusque dans son sommeil, s'était affaissé contre le tronc. Mathieu l'observait avec envie, lorsqu'une ombre noire jaillit de la Grille inviolable. Louis Serra venait d'apparaître sous les branches lumineuses, sans doute protégé du maléfice de sommeil par son uniforme noir. Le capitaine croisa aussitôt le regard de Mathieu. Il allait dire quelque chose, mais le martèlement de talons dans la tour des Escaliers l'en dissuada. Mathieu se dissimula juste à temps derrière le pupitre extérieur. La comtesse Dacourt franchit la double porte et se dressa au bas des marches, ensommeillée.

Le châtiment de Mathieu Hidalf

– Mon arbre ne me protégera plus longtemps contre le sortilège de sommeil, Louis, dit-elle d'un ton sec en montrant le tronc doré cousu sur sa robe. Je vous cherchais.

Louis Serra la dévisagea majestueusement, sans dire un mot.

– Premièrement, dit-elle en clignant des yeux, j'ai fait voter votre réclusion par les Élitiens. Sortir est trop dangereux, vous ne pouvez pas vous le permettre. Nous avons besoin de vous. Secondement, reprit-elle avec autorité, je sais de source sûre que vous avez été informé par les services secrets de la bêtise de Mathieu Hidalf.

Mathieu sentit son cœur bondir dans sa poitrine.

– Pourquoi l'avez-vous laissé faire ? interrogea la comtesse en étouffant un bâillement.

Louis Serra ne répondit jamais à cette question.

La comtesse Armance Dacourt s'affaissa lentement sur le sol, profondément endormie.

Lorsque Mathieu quitta sa cachette, Louis Serra avait disparu. L'Arbre doré resplendissait, gigantesque, au-dessus des enfants assoupis. Mathieu courut à travers le château devenu aussi sombre que lors de la bêtise de ses huit ans. Toute la nuit, il erra de salles ténébreuses en salles désertes, un chandelier à la main, riant comme un ogre ou chantant à tue-tête. Au petit matin, il connaissait le château par cœur.

Le premier défi de Mathieu Hidalf

Heureux, il se glissa sous Bougetou, dans sa chambre, pour se préparer à assumer les conséquences. Il s'endormit le sourire aux lèvres et le cœur léger.

*

Mathieu fut réveillé par une porte qui claqua suffisamment fort pour emporter le mur qui la soutenait. Il reconnut aussitôt le pas furieux de son père, qui s'époumonait :

– Il a marié le roi ! Il a marié le roi à une sorcière ! J'ai marié le roi à une sorcière ! Adieu le consulat ! Ma carrière est finie !

– C'est un beau parti, répliqua Juliette d'Or qui marchait derrière son père.

– PRIVÉ DE SORTIES À PERPÉTUITÉ ! hurla M. Hidalf en franchissant la porte de la chambre de Mathieu.

Mathieu ouvrit les yeux en serrant Bougetou contre lui :

– Criez moins fort, papa, dit-il en bâillant, je n'ai pas dormi du sommeil du juste, moi !

*

En fin de matinée, Mathieu eut l'honneur d'être convoqué dans la salle Cérémonie, où le roi l'attendait pour *une petite discussion entre grandes personnes responsables*. Un agent de la garde royale ouvrit la lourde porte à Mathieu, qui attendit que sa mère entre la première. Mais Mme Hidalf, un peu pâle, demeura sur le seuil.

– Vous ne venez pas avec moi, maman ? demanda-t-il, intrigué.

Juliette d'Airain éclata brusquement en sanglots, criant qu'elle ne voulait pas qu'on exécute son frère par décapitation. M. Hidalf, immobile, grommela qu'il aurait plutôt le droit d'être livré en pâture à la famille des Ogres-À-Jeun, qui avait un goût prononcé pour les prisonniers politiques du royaume. Les lèvres légèrement tremblantes, Mme Hidalf répondit avec un sourire forcé :

– Mon petit Mathieu, le roi veut te voir *seul à seul*.

– Sois courageux, murmura Juliette d'Or en embrassant son frère. Si le roi te cherche des noises, la fratrie te vengera.

– Sois hypocrite, conseilla à son tour Juliette d'Argent. Article 32 : « Nie tout jusqu'au bout. »

– C'est mon plan, admit Mathieu en lui adressant un clin d'œil.

– J'ai parfois été heureuse d'être ta sœur, balbutia finalement Juliette d'Airain. Je te vengerai en devenant Élitienne à ta place.

Mathieu allait l'étrangler, mais le garde l'introduisit sans ménagement dans la salle Cérémonie et referma la porte derrière lui.

Le premier défi de Mathieu Hidalf

Le Grand Busier était debout devant son trône. Mathieu traversa les rangées de tables vides, le cœur battant. Déterminé à prendre les devants, il s'exclama, dès qu'il fut arrivé à la hauteur du roi :

– Sire, puis-je savoir ce qui me vaut l'honneur de cette convocation ?

Le roi parut à peine surpris.

– Vous niez donc ? dit-il d'une voix grave.

– Je nie, répondit Mathieu fermement.

– Vous niez être responsable de mon mariage ?

– Je le nie, répondit Mathieu fermement.

– Vous niez avoir jamais été en contact avec Proserpine ?

– Je nie tout ! répéta Mathieu, magnanime. Je nie être le génie qui a accompli cette bêtise, j'ai été ensorcelé ! Je nie avoir convaincu les nymphettes de faire grève il y a deux ans, je nie avoir subtilisé le cadeau que mon père vous destinait, je nie avoir pénétré dans la galerie des Gouffres, je nie avoir…

– Et niez-vous avoir établi ce contrat que le service des fraudes a formellement identifié comme étant de votre main, avec Olivier Tilleul, reporter à *L'Astre du jour* ? coupa le roi en présentant victorieusement une liasse de documents. On y trouve jusqu'au montant que vous avez versé pour que ce reporter subtilise l'uniforme de son frère élitien.

Mathieu pâlit légèrement.

– Niez-vous avoir établi et signé ce contrat, Mathieu Hidalf ? gronda le roi, menaçant.

– Je ne le nie pas, bredouilla Mathieu.

– Niez-vous avoir organisé mon mariage ?

– Je ne le nie pas.

– Niez-vous avoir organisé la grève des nymphettes ?

– Oui, je le nie toujours, vous n'avez aucune preuve ! répliqua fièrement Mathieu.

Le visage du roi s'assombrit. Il affecta bientôt une curieuse expression.

– Mathieu Hidalf, chuchota-t-il sur le ton de la confidence, je crois que je ne vous ai pas convoqué ici pour cette bêtise, si énorme soit-elle…

Cette fois-ci, Mathieu fut vivement surpris.

– Pour quelle bêtise suis-je là, alors ? Pour celle de mes sept ans ? Je nie.

Le roi scruta Mathieu intensément.

– Vous serez le premier à pénétrer dans ma chambre, dit-il simplement, le soir où je mourrai.

Mathieu frémit en reculant d'un pas. Le roi n'avait plus du tout l'air d'un homme las et indifférent.

– Louis Serra m'a révélé que ma vie était menacée, dit-il fermement. Certainement par les six frères Estaffes… Je suis vieux, Mathieu Hidalf. Vieux et fatigué… Puisqu'il faut mourir, autant mourir dans son lit, non ?

Le Grand Busier demeura un instant songeur. Puis

son regard se durcit. Armémon du Lac lui-même ne lui aurait pas envié l'austérité de son visage.

– Je pourrais vous marier contre votre gré à une descendante de la grand-mère édentée, Mathieu. *Pire*, vous interdire à tout jamais l'école de l'Élite. Je pourrais vous naturaliser solélin, pour que votre famille vous abandonne. Je pourrais mettre un terme à votre enfance insolente. Louis Serra prétend que, grâce à vous, je serai peut-être sauvé. Quand je donne un conseil au capitaine, savez-vous ce qu'il fait ? Il me jette un regard sombre et n'en tient pas compte. Je ne tiendrai pas non plus compte de son conseil. Je vais vous demander un service, Mathieu Hidalf. Un service particulier qui sera le prix de ma clémence.

Mathieu fronça les sourcils, s'attendant à quelque chose de compromettant et d'extrêmement ardu, à quelque chose de conforme à son génie.

– Un coffre presque inviolable est rangé dans ma chambre, dit le roi doucement.

– Je trouverai un moyen de l'ouvrir, assura Mathieu avec suffisance.

– Ce qui est tout à fait inutile, car j'en possède la clef, riposta le roi.

Mathieu demeura silencieux un bref instant, pris de court.

– Que puis-je pour vous, dans ce cas ? demanda-t-il, intrigué.

– Une potion qui dissout l'encre se trouve à l'intérieur de ce coffre. Lorsque vous m'aurez trouvé, endormi à jamais, je veux que vous versiez cette potion sur tous les documents qu'il contient, avant que ma chambre ne soit fouillée au peigne fin. Sur tous les documents, sauf un, qui, de toute façon, ne risque rien. Il s'agit d'un parchemin rouge... Je ne vous explique pas ses caractéristiques, n'est-ce pas ?

– C'est inutile, admit Mathieu.

– Vous remettrez ce parchemin scellé à maître Barjaut Magimel, Mathieu Hidalf. Il saura quoi faire.

Un éclair zébra un instant l'œil noir du roi.

– Je suis sûr que je peux vous faire confiance, n'est-ce pas ?

Mathieu se mordit la lèvre, et lâcha finalement :

– Et moi, je n'en suis pas si sûr ! D'un côté, j'ai bien envie de vous rendre ce service, parce que ce n'est pas si drôle de mourir pour de bon, même à votre âge. Mais d'un autre côté, je suis ennuyé de m'engager à détruire des documents que je pourrais aisément revendre une vraie fortune !

Le roi se redressa si brusquement que Mathieu ouvrit grand les yeux, stupéfait.

– Mathieu Hidalf, si vous ne m'obéissez pas scrupuleusement, je m'engage à vous trouver une place dans un royaume merveilleux où les enfants ne grandissent jamais. Vous aurez dix ans toute votre vie.

Mathieu détourna son regard. Le roi paraissait extrêmement sérieux. Ils échangèrent une poignée de main qui les étonna tous les deux.

– Il ne me reste qu'à me débarrasser de cette reine incommodante, conclut le Grand Busier en s'affaissant. Après tout, les six frères nous ont prouvé qu'il n'est pas impossible de se défaire d'un parchemin rouge... J'espère seulement que je ne disparaîtrai pas trop tôt...

– Hélas pour vous, avoua Mathieu en haussant les épaules, je dois dire que je n'étais pas si vieux que ça, dans ma vision ! Je ne vous donne pas plus d'un an, sire !

– Je ne veux plus entendre parler de vous, Mathieu Hidalf, aboya le roi. Hors de ma vue !

Le visage de Mme Hidalf, alarmé, apparut dans l'entrebâillement de la porte. Derrière elle, la figure plus austère que jamais de Rigor Hidalf se dessina dans la pénombre.

– Mais un an, parfois, c'est très long ! prédit Mathieu mécontent en croisant le regard de son père.

Il remonta l'allée de tables vides, laissant le roi seul et songeur.

*

En début d'après-midi, Mathieu quitta la tour de la Noblesse et traversa le château dans lequel tout le monde bâillait à se tordre le cou en se dressant sur la pointe des pieds pour l'apercevoir. Au seuil du neuvième étage, Méphistos Pompous, chargé de trois bourses remplies d'or qu'il s'apprêtait à remettre à l'archiduc de Darnar, avait fait un pas pour l'étrangler. Mais la vue des huit mâchoires de Bougetou, étincelantes comme un tiroir d'argenterie, lui avait fait réexaminer la situation. Il s'était contenté d'ordonner à son fils, Roméo, qui contemplait la silhouette de Juliette d'Or, de ne jamais parier sur l'honnêteté d'un Hidalf.

M. Hidalf, justement, cultivait le silence, à force de ne pas savoir quoi dire. La fortune perdue par son pire ennemi, qui en d'autres circonstances aurait constitué un motif de liesse, ne provoqua même pas un battement de cils sur sa figure impassible. Il était coiffé d'un large chapeau rouge offert par Mme Chapelier à l'attention du roi, et avançait dans ses bottes empruntées à un écuyer d'un pas pesant, impatient de rentrer chez lui.

Mathieu ne traînait plus Bougetou comme au jour de son arrivée. Chaque enfant Hidalf tenait au contraire une laisse dans ses deux mains et tâchait de retenir le monstre à quatre têtes. Et dans un petit sac à dos, Mathieu transportait en cachette le chat doré de Méphistos Pompous que toute la famille imaginait dans l'estomac de son chien. Il n'avait pas encore été informé de sa punition ; tout ce qu'il savait, c'est que son contrat lui permettait de se coucher à onze heures et demie légalement tous les soirs de la semaine, et de revendre son cheval à la première occasion.

Assis dans le carrosse de verre à côté de sa mère silencieuse, Mathieu ne demanda même pas à passer par l'eau. Non, c'était fini ces enfantillages ! Il avait grandi, désormais. Cette bêtise était la dernière de ce genre ; dès l'année prochaine, c'était l'école de l'Élite et une tricherie comme personne n'en avait jamais vu pour y accéder !

Il pensa à ce conflit sanglant qui s'annonçait, à ce vieux roi qui allait mourir seul dans son lit, et à sa sœur qui avait un amoureux secret... D'ailleurs, il avait fini par apprendre ce qui s'était produit avec le billet doux de Juliette ! Il ne l'avait pas égaré en fuyant la comtesse Dacourt, mais dans le vestibule, lorsque Origan et les Élitiens avaient émergé du bassin.

Aurore, sa loyale nymphette, s'en était aperçue après son départ et l'avait discrètement remis à Pierre Chapelier, dès qu'il avait franchi la grille en compagnie de la comtesse Dacourt. Pierre l'avait lui-même apporté à l'amoureux de Juliette, qu'il avait observé longuement en attendant Mathieu.

– Mais alors, tu sais qui c'est ! s'était écrié Mathieu, fou de joie.

Hélas ! Pierre n'avait pas de sang Hidalf dans les veines. Il avait juré de garder le secret et refusa de manquer à sa parole, y compris pour la modique somme de mille diamantors, car lorsque Mathieu Hidalf achetait un secret, il n'y allait pas avec le dos de la cuillère.

Dans le carrosse de verre, M. Hidalf paraissait apaisé. Stadir Origan sortit de l'eau. Ses yeux fatigués laissaient deviner que sa nuit avait été courte. Mathieu guettait sa réaction, mais le sorcier ne parut pas remarquer sa présence.

*

Un instant plus tard, à bord du carrosse rouge des Hidalf, toute la famille, accompagnée de Bougetou que M. Hidalf avait envoyé à l'autre bout du plancher, regardait par les fenêtres le manoir se rapprocher. Un joli soleil trônait dans le ciel bleu et berçait les tours de sa clarté. Les deux Juliette parlaient de leur grande sœur restée au château, Mme Hidalf observait son fils avec un sourire discret, Mathieu pensait à l'école de l'Élite avec impatience, et M. Hidalf écrivait soigneusement sur une feuille de papier, sans doute un discours héroïque à prononcer devant le Parlement, pour préparer la résistance du royaume.

Le premier défi de Mathieu Hidalf

Mais en passant sous la herse du domaine, M. Hidalf fit claquer sa langue et lut d'un ton sec ce qu'il venait de rédiger :

– *Article 1 : Pour usage de faux, manipulation et perversité d'une part, pour avoir marié le roi à son insu et mis un sous-consul dans une situation diplomatique fort incommodante d'autre part,* MOI, MATHIEU HIDALF, *enfant inavouable s'il en est, suis puni et privé de sorties, sans appel, jusqu'au jour où je réussirai l'épreuve du Prétendant; privé de toute activité à caractère ludique; et je vais travailler comme un prisonnier pour être accepté à l'école et débarrasser la famille de ma présence...*
– Rigor! l'interrompit Mme Hidalf.
– *Et la débarrasser,* disais-je, *de ma présence accablante jusqu'à ce que je sois élitien ou qu'un Estaffes m'ait dévoré.* P.-S. : *Il m'est interdit de recourir à maître Magimel dans cette affaire familiale, puisque j'ai dépassé toutes les bornes de la bêtise. Je m'engage par ailleurs à rembourser au roi les frais occasionnés pour entretenir la reine, soit deux cents diamantors par an, la reine n'ayant aucun besoin matériel manifeste. Je paierai également deux amendes de six cents diamantors pour abus délibéré, prémédité et machiavélique de confiance paternelle.* Point final!

Le châtiment de Mathieu Hidalf

Et M. Hidalf ajouta, en tendant une plume à son fils :

– Il n'y a pas de contrepartie, mais, à ta place, je signerais tout de même.

Mathieu s'empara de la plume, relut ce qui concernait l'école, et signa avec un vif plaisir. Tandis que le carrosse s'arrêtait, sa mère lui remit discrètement une enveloppe. Mathieu l'ouvrit en surveillant son père qui pénétrait dans le manoir sans se retourner, devant le Dr Boitabon plongé dans le dernier numéro de *L'Astre du jour*. L'enveloppe contenait une carte d'anniversaire, sur laquelle trois personnes avaient écrit un mot succinct. Mathieu lut d'abord :

Tous les Prétendants élitiens darnois t'attendent avec impatience. À l'année prochaine, « prépare bien » ton épreuve, et bon courage pour ta punition. Méfie-toi du service des fraudes. Je t'écrirai tous les jours.

Pierre.

Le deuxième était l'œuvre d'une main un peu tremblante. Il disait :

À très bientôt pour l'argent que je vous dois (approximativement cinq mille diamantors) et merci pour cette bêtise monumentale, la meilleure

*que vous ayez accomplie! J'ai bien reçu le mysté-
rieux paquet rouge que vous souhaitez que je
conserve un an. Votre cher ami, qui atténuera au
plus tôt la brusque colère de votre père, et étouffera
les velléités du roi.*

Archiduc de Darnar.

Et enfin, la dernière écriture, Mathieu la connaissait par cœur, c'était celle de sa grande sœur, Juliette
d'Or.

*Mon petit frère chéri, j'ai hâte que tu t'installes au
château. Travaille beaucoup pour être sûr d'être
accepté dans la plus belle des écoles. Nous pour-
rons nous aider tous les deux l'année prochaine, si
tu vois ce que je veux dire. Bon courage.*

Ta grande sœur qui t'aime.

P.-S. : *Tu as encore fait la première page de* L'Astre
du jour*!*

Et Mathieu fourra la carte dans sa poche, en des-
cendant du carrosse avec un grand sourire, tandis
que Bougetou fonçait dans le manoir en aboyant
comme quatre chiens.

TABLE DES MATIÈRES

L'auteur

À l'âge de treize ans, Christophe Mauri adresse son premier roman au comité de lecture des éditions Gallimard Jeunesse. C'est le début d'une relation forte, jalonnée d'envois et d'encouragements, qui se conclut le jour des vingt-deux ans du jeune auteur, lorsque le comité lui propose la publication du *Premier Défi de Mathieu Hidalf*. Actuellement en master de lettres modernes, Christophe Mauri continue d'écrire les aventures de son drôle de héros.

« Tout est parti du contrat Bougetou, établi entre Mathieu et son père. Avec ce contrat, j'ai senti que je quittais les sentiers battus dont je ne parvenais pas à m'éloigner jusque-là. J'ai pris du recul vis-à-vis de mon héros. J'ai pu l'aimer sans être lui, ce dont j'étais incapable à quinze ou à seize ans. Et j'ai voulu créer un univers autour de cette idée de contrat . l'univers d'un enfant pénétré du monde des adultes, extrêmement revendicatif et intelligent. Un enfant qui, cependant, est encore loin d'être mûr affectivement, bien qu'il soit lui-même persuadé du contraire ! »

À suivre

Mathieu Hidalf et la foudre fantôme
(en librairie en janvier 2012)

Extrait
(chapitre 1)

– Êtes-vous certain d'avoir trouvé un moyen de tricher, Mathieu ? s'inquiéta l'archiduc. Le service des fraudes a quadruplé son budget pour vous surveiller. Il n'a pas du tout apprécié vos déclarations à la presse. Tricher est une folie, Mathieu. Mais *prévenir* l'école de l'Élite que vous allez tricher est tout simplement... inconcevable !

Le regard de Mathieu Hidalf se voila.

– Depuis trois ans, dit-il, j'ai présenté quatorze candidats à l'épreuve du Prétendant... Des enfants de la noblesse qui se moquaient de devenir Élitiens, et qui ont accepté de concourir en échange d'une forte somme... Ils ont testé plusieurs de mes idées... Les quatorze, sans exception, ont été disqualifiés pour tricherie. Je commençais à douter... lorsque j'ai eu une idée, une idée que le service des fraudes lui-même ne pourra pas prévoir ! J'ai étudié le règlement de l'école pendant des nuits entières. Maître

Extrait

Magimel m'a éclairé sur les points les plus obscurs.
Il ne me manque qu'une seule chose... un objet très
rare et méconnu... un objet que vous avez en votre
possession...

L'archiduc sortit un petit paquet-cadeau rouge de
l'ombre de sa cape. Le paquet avait l'air insigni-
fiant, mais Mathieu l'observait avec intensité.

– Merci, dit-il à voix basse. Je ne pouvais pas le
conserver dans ma chambre pendant un an... Mon
père la fait fouiller toutes les semaines à des heures
différentes, et s'il avait découvert ce paquet... j'aurais risqué un aller sans retour au château des
Ogres-À-Jeun !

– Que contient-il ?

Mathieu sourit d'un air lointain.

– Il contient *le seul moyen* d'entrer à l'école sans
avoir lu un livre. C'est le cadeau d'anniversaire que
mon père destinait au roi, l'année dernière. Je le lui
ai subtilisé le jour de mes dix ans...

– S'il découvre que vous le détenez...

– Il le découvrira après l'épreuve, coupa Mathieu.
Je lui ai déjà envoyé plusieurs lettres anonymes au
cours des derniers mois, lui expliquant que son
cadeau disparu lui serait remis avant la prochaine
cérémonie d'anniversaire du roi... et qu'il n'était
donc pas nécessaire qu'il en rachète un. Il était
furieux !

– Quoi que contienne ce paquet, je vous conseille d'être prudent…

Les yeux du vieil archiduc s'assombrirent comme deux bougies sur le point de s'éteindre, lorsqu'il passa une main affectueuse dans les cheveux de Mathieu.

– Énormément de mauvaises nouvelles nous sont venues de l'école… Vous savez qu'elle peut être extrêmement dangereuse…

– Ah, ça je le sais ! s'exclama Mathieu, ravi. C'est d'ailleurs pour cette raison que je veux y entrer à tout prix !

– Mathieu Hidalf, votre mère n'est pas inquiète pour rien, insista l'archiduc. Depuis que le Serment rouge a été rompu, la vie des Élitiens ne tient qu'à un fil. Un fil bien mince… Vous en êtes conscient, n'est-ce pas ?

Au cours des douze derniers mois, le Serment rouge avait occupé l'esprit de tous les adultes qui entouraient Mathieu. Dix ans plus tôt, un jeune pré-Élitien, connu sous le nom de Louis Serra, avait réalisé une prouesse historique. Il était parvenu à faire prêter un serment magique et irrévocable à six assassins, ennemis de l'Élite : les frères Estaffes. Cet accord avait été baptisé Serment rouge à cause du parchemin sur lequel il avait été conclu : un parchemin couleur de sang, qui aurait dû protéger à jamais le royaume de la violence des six frères. Mais l'an passé, lors du dernier anniversaire de Mathieu, quelque chose d'inexplicable s'était produit. Le parchemin sur lequel avait été rédigé le célèbre serment s'était brusquement déchiré… signe que l'accord magique avait pris fin.

– Vous ne le savez peut-être pas, reprit l'archiduc de sa voix lugubre, mais les frères Estaffes sont de plus en plus dangereux… et de plus en plus oppressants…

– Pas tant que ça! protesta Mathieu. Voilà un an qu'ils ont promis-juré de tuer le capitaine Louis Serra, et il est toujours en vie!

– Le capitaine est toujours en vie, oui, admit l'archiduc d'un ton grinçant. Mais savez-vous à quel prix? Les Élitiens ont voté sa réclusion. Il ne quitte plus l'Élite sans une garde rapprochée. Soyez prudent, Mathieu. Soyez raisonnable. Soyez un enfant. Vous n'avez que onze ans, après tout.

– Pas encore, hélas! s'indigna Mathieu. Il me reste au moins trois heures à attendre, vu que ma mère n'a pas réussi à *m'accoucher* avant minuit.

L'archiduc soupira avant de s'affaisser mystérieusement à la manière de maître Magimel.

– Bonne chance pour votre tricherie, susurra-t-il. Et avec un peu d'avance, bon anniversaire!

– Si vous entendez que je suis mort, prévint Mathieu d'un ton ferme, ne le croyez pas, surtout!

Extrait

– Il y a bien longtemps qu'un enfant n'est pas mort dans la tour des Épreuves, objecta l'archiduc.

« Alors il est temps de renouer avec le passé », pensa Mathieu, tandis que l'ombre de son visiteur s'effaçait derrière la porte.

On lit plus fort .com

Le blog officiel
des romans
Gallimard Jeunesse
Sur le web, le lieu
incontournable
des passionnés
de lecture.

ACTUS

AVANT-PREMIÈRES

LIVRES À GAGNER

BANDES-ANNONCES

EXTRAITS

CONSEILS DE LECTURE

INTERVIEWS D'AUTEURS

DISCUSSIONS

CHRONIQUES
DE BLOGUEURS...

Le papier de cet ouvrage est composé de fibres naturelles,
renouvelables, recyclables et fabriquées à partir de bois
provenant de forêts plantées et cultivées expressément
pour la fabrication de la pâte à papier.

Loi n° 49-956 du 16 juillet 1949
sur les publications
destinées à la jeunesse

PAO : Dominique Guillaumin

Dépôt légal : août 2011
ISBN : 978-2-07-069688-8
Numéro d'édition : 179173
Numéro d'impression : 106541

Imprimé en France par CPI Firmin Didot